珍・奧斯汀——著　劉珮芳、陳筱宛——譯

蘇珊夫人

附：愛與友誼

Lady Susan

with Love and Freindship

by Jane Austen

好讀出版

導讀推薦（※本文提及書中諸多重要情節，建議讀者先讀畢小說，再細細品味此賞析。）

書信女王——《蘇珊夫人》中的惡女、書信與權力展演

文／施舜翔
作家、文化評論人
現爲「流行文化學院」總編輯
著有《惡女力》、《少女革命》

二〇一六年九月，《蘇珊夫人尋婚計》（*Love & Friendship*）上映，讓所有的珍迷都瘋了。這部電影名字雖取自珍・奧斯汀少女時期作品《愛與友誼》，改編的卻是她少被論及的中篇小說《蘇珊夫人》（*Lady Susan*）。曾在一九九六年扮演艾瑪的凱特・貝琴薩（Kate Beckinsale），二十年後，再次出演珍・奧斯汀筆下最迷人的反派角色，帶起一波《蘇珊夫人》的後現代文藝復興。

《蘇珊夫人》的魅力在哪，何以在被遺忘了兩百年以後，重新掀起閱讀浪潮？要回答這個問題，我們可以談《蘇珊夫人》所展現出的書信力量，以及惡女的魅力。

《蘇珊夫人》是書信體小說，因此，談《蘇珊夫人》，不可能不談書信寫作。一九三二年，查普曼（R. W. Chapman）編輯的珍．奧斯汀信件出版後，珍．奧斯汀的書信本身形成了一門研究①。她所寫的信爲何重要？批評家想看珍．奧斯汀在信中談大事、談政治。可是，他們找到的，卻淨是芝麻小事。珍．奧斯汀不是沒談過大事，也不是沒談過政治，只是，她信件中所寫的大多是舞會、愛情、婚姻、風尚，以及家庭瑣事。批評家失望了。不過，他們不知道的是，芝麻小事舉足輕重，芝麻小事也有政治。正如她在一八〇八年寫給姊姊卡珊卓（Cassandra Austen）的信中所說：「這些的確都是芝麻小事，不過卻是舉足輕重的芝麻小事。」（Little Matters they are to be sure, but highly important.）

在珍．奧斯汀的年代，寫信是女人的家務責任，寫信同時也是女人的權力來源。十八世紀

①在查普曼以前，布萊彭勛爵（Lord Brabourne）早已於一八八四年出版了珍．奧斯汀的信件，只是缺漏甚多。直到查普曼的版本現身，所有倖存的珍．奧斯汀信件才首次與大眾見面。在查普曼以後，拉斐（Deirdre Le Faye）於一九九五年重新編輯了珍．奧斯汀的書信。二〇〇四年，瓊斯（Vivien Jones）根據拉斐的版本，再次重新選輯了這些信件。這些版本的差異，最終也形成了一門珍．奧斯汀書信編輯學。

末，英國郵政系統改革之後，私人信件急速增長，女人每天寫信給親人、給密友；書信，是女人的日常生活實踐。透過寫信，女人掌握了人際關係，掌握了家庭社群，掌握了舞會婚姻；書信，因此也是女人的日常權力展演。

書信是表演。通信本該私密，珍・奧斯汀也從未想將信件公諸於世，可是，她當然也知道，就連寫給姊姊卡珊卓的親密信件，都是一種文字表演。所以，書信本身就是舞臺。女人透過寫信表演不同層次的情感思緒，女人也透過寫信掌握細膩微妙的人際關係。表演性親密（performative intimacy）最終成爲十八、九世紀女人重新取得權力的策略。

而蘇珊夫人正是表演性親密的箇中好手。《蘇珊夫人》小說從第一封信，就開始表演。蘇珊夫人對小叔維儂先生表演親密、表演關心，希望能到教堂山莊園落腳。下一封信，蘇珊夫人立刻向密友艾莉莎揭露了自己逃離曼華林家，走投無路的情況。蘇珊夫人將書信化爲自己粉墨登場的舞臺，透過書信表演各式各樣的情感，也透過書信操弄錯綜複雜的人脈。向來識破她表演的弟媳凱薩琳・維儂便說，蘇珊夫人帶來的最大威脅，正來自她對語言的完美掌握——書信，不只是蘇珊夫人的文字舞臺，更是蘇珊夫人的權力來源。

書信寫八卦。不過，正如芝麻小事舉足輕重，書信八卦也非同小可。八卦在父權社會的語言位階中原被賤斥，珍・奧斯汀的書信卻揭露了八卦的政治性。八卦是社群互動的微妙體現，權力政治的陰性切面。透過八卦，十八、九世紀英國女性建構出了自己的陰性書寫語言、陰性集體經驗，在此頻繁交換瑣事的過程中，形塑出自己的社群。書信的八卦，因此也是嚴肅的八卦（serious gossip）。珍・奧斯汀正是透過寫給姊姊卡珊卓的八卦，以諷刺口吻讓自己跳脫女人必須透過婚姻市場取得身分的社會規範。

蘇珊夫人是八卦政治性的文學化身。她以八卦建構情誼，交換感情。她也以八卦運轉人事，再造自我。艾莉莎與蘇珊夫人這對密友正是透過八卦共謀一切的最好例子。然而，這只是文本內的八卦交換。《蘇珊夫人》最有趣的地方，可說是存在於文本內外的八卦交換——每位快速翻閱著《蘇珊夫人》、熱切期待後續發展的讀者，都是蘇珊夫人隱而不見的歷史共謀者。

蘇珊夫人愛表演，蘇珊夫人很八卦，不過，真正使蘇珊夫人化爲珍・奧斯汀筆下最迷人反派角色的原因，仍是她對愛情婚姻的精妙操作。前一刻她還在控制女兒費德莉卡與詹姆士・馬汀爵士成婚，下一刻便抵達教堂山莊園將年輕的雷吉納・德寇西迷得神魂顛倒。前一刻才保證德寇西先生仍是她囊中之物，下一刻便在德寇西先生憤而離去後與詹姆士爵士再婚。蘇珊夫人是逃逸出父權控制的黑寡婦，也是流轉於婚姻市場的交際花。她精確計算每個角色的婚姻資本，殘酷摧毀資產階級的婚姻神話。蘇珊夫人不是《傲慢與偏見》（*Pride and Prejudice*）中捍衛真愛的伊莉莎白・貝內特，也不是《理性與感性》（*Sense and Sensibility*）中追求浪漫的瑪麗安・達斯伍；在珍・奧斯汀的小說中，蘇珊夫人無疑是最不典型的女英雄。蘇珊夫人是《曼斯菲爾德莊園》（*Mansfield Park*）中工於心計的瑪麗・克勞佛。這一次，瑪麗・克勞佛成爲主角。

有人說，蘇珊夫人就是珍・奧斯汀的文學化身。蘇珊夫人以戲謔口吻書寫情愛婚事，的確與珍・奧斯汀做爲敘事者的諷刺聲音高度重疊。很多人以爲她只是個成天幻想眞愛與婚姻的天眞女孩，卻忘了，她其實是最懂得計算婚姻資本的小說家。每個男主角擁有多少資產，她都攤開來寫得清清楚楚，分毫不差。所以，與其說珍・奧斯汀是《傲慢與偏見》中的伊莉莎白，不如說珍・奧斯汀更似蘇珊夫人，在這權力分秒流動的婚姻市場中，她以戲謔諷刺的分身遊走其中，不被吞噬。

到底哪一個才是珍・奧斯汀？是捍衛眞愛的伊莉莎白，還是嘲弄婚姻的蘇珊夫人？這是批評家兩百年來至今無法回答的問題。美國極具爭議的評論家洛菲（Katie Roiphe）曾在〈珍・奧斯汀的曖昧〉（The Ambiguities of Austen）一文中，點出了珍・奧斯汀小說的雙面矛盾。她發現，珍・奧斯汀一方面看似擁抱傳統婚姻的圓滿快樂，一方面卻又寫出典範之外的反派魅力，這包括了《曼斯菲爾德莊園》中的瑪麗・克勞佛，或是直到現在才因凱特・貝琴薩詮譯而浴火重生的蘇珊夫人。洛菲說：「珍・奧斯汀給了那些逃逸出傳統婚姻敘事之外的女人一種獨特魅力——即便只有一會兒。」蘇珊夫人所象徵的，正是惡女的魅力。

誰又知道，寫了那麼多「從此過著幸福快樂日子」的珍・奧斯汀，內心可能藏著一個蘇珊夫人？在《傲慢與偏見》中的伊莉莎白主導了珍迷狂熱兩百年之後，我們終於重新有了蘇珊夫人——她不捍衛愛情，也不純眞善良，卻在被掩埋了兩百年以後，捲土重來，再次展現來自十八世紀末的惡女力。

引用文獻

Austen, Jane. *Northanger Abbey, Lady Susan, The Watsons, Sanditon.* Oxford & New York: Oxford UP, 2003. Print

———. *Selected Letters*. Ed. Vivien Jones. Oxford & New York: Oxford UP, 2004. Print.

Brabourne, Lord, ed. *The Letters of Jane Austen.* London: Richard Bentley & Son, 1884. Print.

Chapman, R. W., ed. *Jane Austen's Letters to Her Sister Cassandra and Others.* Oxford: Oxford UP, 1932. Print.

Le Faye, Deirdre, ed. *Jane Austen's Letters*. Oxford & New York: Oxford UP, 1995. Print.

Roiphe, Katie. "The Ambiguities of Austen." *The Weekly Standard.* Jun. 9. 1997. 34-35. Print.

目次

蘇珊夫人

Lady Susan

Reginald Decourcy
LADY SUSAN
Alicia Johnson
Catherine Vernon
James Martin
Frederica Vernon
Charles Vernon
Lady Decourcy
Sir Reginald Decourcy

第一封

蘇珊・維儂夫人致維儂先生

查爾斯賢弟惠鑒：

上回分別時承蒙盛情邀約，一直沒能前往尊府叨擾幾週，與你們全家共享天倫之樂，內心著實過意不去；因此，若您與弟媳眼下方便接待，數日內便將啟行，我由衷期盼結識仰慕已久的弟媳。儘管此地的摯友懇留我多住些時日，但恐怕目前的心思處境承受不住他們周到好客之情，盼能儘早前往府上暫住，好讓身心安舒。

此行引頸企盼見到親愛的姪兒姪女，以慰藉我思女之情，只因小女即將前往住宿學校寄讀。她父親生前久病，我這為人母者疏漏了應盡的母職與關愛，亦疏於管教。再者，先前延請的家庭女教師恐怕未盡其職。諸多考量之下，我決定送她至城裡一所極富盛名的私立學校就讀，如此也方便您對她多所關照。走筆至此，您應不難看出我心意已決，萬望莫要拒絕我前往

府上。若您無法接待我，此等悲苦教人情何以堪哪！敬請

大安

那有什麼問題，嫂子，歡迎您
大駕光臨寒舍，想住多久都行。

查爾斯賢弟，先前承蒙您極力邀約，
眼下，為嫂的可方便到尊府叨擾？

嫂嫂　蘇珊・維儂謹啟

寫於十二月，蘭福德莊園

第二封

蘇珊・維儂夫人致強森太太

艾莉莎吾友芳鑒：

你錯了，還說我會在這裡過冬；不過，說你錯了還真教我難過，畢竟在這兒度過的短短三個月，實為我人生帶來許多歡樂。目前，這裡可說是雞犬不寧，這個家的女性全都結盟起來與我為敵。想我初來蘭福德，你已預料到這一切。那時，曼華林先生顯得異常愉悅，真教我忍不住擔心起自己的處境來。還記得馬車駛近這棟房子時，我不停的告訴自己：「我喜歡這個人，希望別出什麼事才好！」反正，我打定主意低調行事，提醒自己寡婦生涯才剛邁向第四個月，得盡可能持靜過日子才行，而且我還真這麼做了！親愛的朋友，除了曼華林，其他人的「關愛」我一概不接受，而且避開了各式各樣有意無意的調情，對這裡出沒的任何人毫無特別青睞。但詹姆士・馬汀爵士除外，我對他是多用了點心，只為把他從瑪莉亞・曼華林小姐身邊拉開；要是這樣一片用心良苦能被理解，那全世界都會為我鼓掌。人們向來以為我是個狠心的母親，但基於護女心切，一想到費德莉卡未來的幸福，我便忍不住出手；若非我這女兒堪稱全世界最蠢的傻子，為人母的我早就大功告成了。

詹姆士爵士果真為了費德莉卡向我提親，但我那生來就是要忤逆我的女兒竟強烈反對這樁親事，害我不得不暫時擱置眼前妙計。我不只一次扼腕嘆息，真恨不得自己嫁給他（要是他不那麼懦弱就好了。光有錢無法滿足我，想當我老公，不浪漫一點怎麼成）。總之，這件事把大家都給得罪了——詹姆士爵士走了，瑪莉亞大為光火，而曼華林太太則是快要打翻醋罈子；簡言之，她對我又氣又妒，看她氣成那樣，我想，一逮到機會她就會去跟自己的監護人、也就是尊夫強森先生告狀。話說回來，尊夫若是我的朋友，我就會跟他說，這輩子他所能做的最讓人拍手叫好的善事就是叫那女人離婚。所以啦，你就讓他繼續討厭我好了。我們現在處境堪憂，真是景物依舊、人事全非哪！所有人都像進入備戰狀態似的，而曼華林幾乎不敢跟我說話。離開的時候到了，我決定遠離這些人，如果可以，這禮拜我會找一天進城探望你，和你一起暢快聚聚。若尊夫仍不喜歡我，你就必須到偉格街十號找我了，但希望事情不至於演變到此地步。尊夫強森先生縱有種種不好，畢竟深受許多人「敬重」，而我又是你的密友，到了城裡不住你家反而住在別處，這可讓人懷疑我究竟做了什麼事讓尊夫如此看不起我，必然要用異樣眼光看我了。

我將在取道倫敦後，去那個討人厭的鄉下小村子待上好一陣——我是真的要去教堂山莊園了！親愛的朋友，這絕非我所願，我真的走投無路了。倘若英格蘭還有任何地方容得下我，我絕不會考慮去教堂山。我對查爾斯·維儂反感得很，而且想到他太太就渾身神經緊繃。儘管如此，在我有其他地方可去之前，還是得先待在教堂山。我女兒將跟我一起進城，不過一到城裡，我就會把她送到偉格街桑默斯小姐所辦學校，在她學會為自己行為負責之前都得給我待在那兒。她可以在那所學校拓展人脈，畢竟全英格蘭最好的家庭都把女兒送到那兒去。學費當然貴得不得了，遠非我所能負荷。謹此，我一到城裡就跟你聯絡。即問刻安

你永遠的摯友　蘇珊·維儂謹啟

寫於蘭福德莊園

第三封

維儂太太致德寇西夫人

母親大人膝下：

女兒非常難過，因為我們無法按原定計畫回去陪您過聖誕節了；而且，整件事遠非我們所能掌控，連轉圜餘地都沒有。蘇珊夫人寫了封信給查爾斯，十萬火急的說要來家裡，只說要住一陣子，也不知道要待多久。女兒我根本來不及準備，也猜不透她有何盤算。她明明就很適合待在蘭福德，那裡氣氛雅致最搭襯她的貴氣了，遑論她還挺喜歡人家曼華林先生的。雖說女兒早料到她丈夫過世之後，她會比較主動親近我們，當然我們也樂於接待她，只是沒想到，她居然這麼快就要離開蘭福德。依女兒之見，查爾斯準是上回到斯坦福郡時對她好心過了頭；暫且不談她的個性，就說說她都做了些什麼事好了——我們結婚之初，她便一直耍心機，使些詭詐手段讓我們吃盡苦頭，就連查爾斯那麼善良溫和的人對她的舉動也很難視而不見。

儘管如此，有鑑於蘇珊夫人是他兄長的未亡人，即便我們手頭不寬裕，還是會在金錢上盡量援助她，但查爾斯實在不需要那麼熱心的邀請她來作客。然而，他就是這樣，總把每個人當好人看，蘇珊夫人一定是在他面前表現得沮喪難過、深切痛悔，一副下定決心重新做人的模樣；查爾斯一看便心軟了，也就相信了她一片真心實意。不過，女兒我可沒那麼容易上當；即便她發動親情攻勢要來家裡住，看似合情合理，還是讓人對她來訪動機存疑，不知她葫蘆裡究竟賣的什麼藥。

所以啦，親愛的母親，您不難看出女兒懷抱著何等心情看待她的造訪。她有的是機會在家裡興風作浪，不過，女兒會小心應對的，希望別出什麼亂子才好。她在信上殷勤懇切的提到想結識女兒我，還相當慈愛的提及了孩子。女兒尚不至於弱智到相信一個怠忽母職、連自己獨生女都不疼的女人，會去關愛別人的小孩。維儂小姐一到倫敦就會被她母親送進寄宿學校，不會跟著到我們家來，對此，女兒暗自慶幸，因為這對雙方都好。維儂小姐沒有母親在身邊，對她而言反倒利多於弊；況且，一個沒受過多少良好教養的十六歲少女，也不可能和我們家孩子處得來。至於雷吉納，就女兒所知，他一直都想見見迷人的蘇珊夫人，他很快就要到我們家了。此外，得知父親身體持續好轉、一切平安順利，真教人高興。叩請

金安

女　凱薩琳・維儂叩上

寫於教堂山莊園

第四封

德寇西先生致維儂太太

凱薩琳吾姐芳鑒：

恭喜您與姊夫有幸接待全英格蘭最厲害的騷婆娘。長久以來，我僅風聞蘇珊夫人有多風騷，最近卻親耳聽到她在蘭福德莊園的種種離譜作為——證明了她不只賣弄賣弄風情而已，更樂於興風作浪將一個家搞得雞犬不寧。她對曼華林先生的態度已讓曼華林太太陷入瘋狂嫉妒的痛苦深淵，而她對那位先前傾慕於曼華林先生親妹的年輕男子，所釋出的諸多好意，也使溫柔可愛的曼華林小姐失去了戀人。

這些都是史密斯先生親口告訴我的，他現在人就在這兒附近（我在赫斯特與威爾福特這些地方曾跟他共進過幾次餐），他剛從蘭福德過來，且有幸躬逢其盛在那兒住了兩個星期，所以這是可信度相當高的第一手資料。

她一定是個不同凡響的女人！真希望能跟她見上一面，因此，我樂於接受你的邀請，以便抓住機會一睹其人丰采，也可趁機研究一下她到底魅力何在——竟能在同一時間、同一屋簷下，讓兩個原本心有所屬的男人移情別戀，況且憑藉的還不是什麼青春魅力！得知維儂小姐不隨她母親齊赴教堂山莊園，我甚感高興，因為她沒禮貌得很，很不討喜；況且據史密斯先生所言，她還又蠢又驕傲。集愚蠢和驕傲於一身的人有什麼好見的呢！維儂小姐得到這樣的評價也只能怪自己了；然而，我倒要見識一下萬人迷蘇珊夫人，研究研究她到底是個什麼樣的人。我很快就去看望你們了。敬請

大安

弟　雷吉納・德寇西謹啟

寫於帕克蘭茲莊園

第五封

蘇珊・維儂夫人致強森太太

艾莉莎吾友芳鑒：

就在離開城裡之前，我接到了你的字條——確定強森先生未對你前一晚的行蹤起疑，真讓我高興。完全讓他蒙在鼓裡無疑是較為妥當的作法，因為他簡直冥頑不靈，對於這樣的人，欺騙是對他最好的賞賜。

我平安抵達教堂山莊園了，小叔對我的款待確實無可抱怨，但老實說，我對弟媳不甚滿意。她確實系出名門、教養良好，也很有品味，不過她好像天生跟我犯沖似的。我想讓她對我有好印象，盡量擺出了最討喜的一面，然而全是白搭，一點用也沒有。她不喜歡我。仔細回想，我確實要了些手段攔阻小叔娶她，若因這一點而對我不太友善並不意外，可是那畢竟是六年前的往事了，況且最後也沒成功攔住他娶她呀！這麼愛記恨，不是顯得有些氣量狹窄、小家子氣嗎？

有時我真後悔，我們當初非賣掉維儂城堡不可時，沒把它賣給查爾斯。然而，我們那時正面臨困境，尤其城堡的出售日又正好是他的婚期；況且，任誰都該尊重一下先夫當時的感覺才是——自家的產業落到小弟手裡，這教為人兄長者情何以堪？要是我們能繼續住在維儂城堡無須離開，要是我們能讓查爾斯保持單身、跟我們一塊兒住，當初我就不會力勸先夫把城堡賣給別人了。可是，當時查爾斯正準備跟德寇西小姐結婚，況且事實也證明我做得沒錯——他們一家人在這兒過得如此幸福快樂，他買或沒買維儂城堡，對我都沒什麼好處可不是？此番攔阻也許就此讓弟媳對我留下了壞印象，但俗話說得好，欲加之罪，何患無辭！要討厭一個人是不需要理由的。至於錢的事，我扣著他的錢對我而言也沒什麼用，這全是出於一顆關愛他的心，畢竟他這人那麼容易受人愚弄！

他們家這房子挺好的，家具也頗時髦，每件擺設都透露出主人的富足與高雅。我確信查爾斯相當富裕；人哪，一旦在銀行掛了名，金錢就滾滾而來了。話雖如此，他們好像不太花錢耶，也沒什麼朋友，而且除非有事，否則不會到倫敦去。我們得盡可能裝笨；我的意思是，要贏得弟媳的心，得從她的小孩下手。那幾個孩子的名字我全知道了，並打定主意特別把心思放在小費得利克身上；我經常一邊把他抱到我膝上坐，一邊嘆息著想起他親愛的伯父、我那死去的先夫。

可憐的曼華林！不用我說，你也知道我有多想念他，怎麼他一直在我腦海盤旋不去呢？剛到這兒時，我曾接到他一封心情抑鬱的信，字裡行間充滿他對妻子與妹妹的抱怨，對自身殘酷的命運更是嗟嘆不已。我告訴維儂夫婦，這信是曼華林太太寫的；那麼，如果我要寫信給他，就先寄給你，再請你轉給他。即問

刻安

你永遠的摯友　蘇珊・維儂謹啟

寫於教堂山莊園

第六封

維儂太太致德寇西先生

雷吉納吾弟惠鑒：

我已見過這位危險人物，得向你描述一番才行；不過，我倒希望很快就能聽到你自己的見解。她長得真是國色天香；也許你不相信一個已不年輕的女人竟堪稱美女，但我得老實說，實在很少見到像蘇珊夫人那樣美麗的女人。她的皮膚白皙透亮，有雙迷人的灰色眼睛，配上烏黑黝亮的長睫毛；從外表看，一般人會認為她頂多二十五歲上下，但實際上要再多個十歲左右。儘管從以前就不斷聽說她有多美，但我就是不欣賞她，不過還是忍不住讚嘆她身材勻稱，明媚動人，舉止優雅。

她跟我說話時既溫柔又誠懇，幾乎讓我感覺我們之間像家人一樣相親相愛。如果不是我倆素昧平生，以及知道她當初如何阻撓查爾斯跟我之間的婚事，我幾乎就要當她是親密的好朋友

姊姊，恭喜您與姊夫有幸接待全
英格蘭最厲害的騷婆娘！

我已見到了這位危險人物，老實
說，像蘇珊夫人這麼美麗的女人
還真少見。

了。我相信，一般人很容易以為愛賣弄風情的人總是言詞粗鄙、胸無點墨；是以，蘇珊夫人在我心中的模樣自然也好不到哪兒去，然而她卻長相甜美，言行舉止無不溫柔婉約。很遺憾，事情就是這樣，然而，這不是偽裝又是什麼？真不幸，我太了解她了。她既聰明又有魅力，而且擁有世界一流的社交能力，無論跟誰都可以侃侃而談，言詞巧妙，語帶詼諧；領教過她功力的人，絕不懷疑她能把黑的說成白的。

她幾乎快讓我相信她其實是疼愛自己女兒的，儘管長久以來得知的消息都與她所言相反。她把自己說得活像一個擔憂女兒的溫柔慈母，談及疏忽女兒的教育時還不斷嘆息，並將一切歸咎於環境，說她有多麼無能為力。這不免讓我想到，她已連續好幾年春天都待在倫敦，而把女兒留在斯坦福郡，交給僕人、或比僕人好不了多少的家庭女教師照顧。每思及此，我就無法相信她所言屬實。

倘若其言行對於如此憎惡她的我，都能產生這麼大的影響，你便不難想像，她對你那性情溫和、心地善良的姊夫會有何等巨大的作用力了。我真希望能像他一樣相信她所說的一切——好端端的蘭福德不住，卻選擇來住教堂山莊園？倘若當初一到蘭福德莊園便發現友人興高采烈、歡樂度日的氣氛，與她新寡不久的心情、處境不合拍，那麼早該另覓他處居住才是，怎會住了好幾個月才這麼說？這我是絕不相信的。別忘了，她可是在那個讓她如魚得水的歡樂環境住了好一陣，改換到我們家過著樸實無華的簡單生活，兩樣生活何等天差地別！我所能猜測到的是，她想回歸合宜的生活了。

至於你朋友史密斯先生所言，依我看，並非完全正確，因為她仍經常與曼華林太太通信呢！況且，一次要騙倒兩個男人實在不太可能，這真的太誇張了。敬請

大安

姊　凱薩琳・維儂謹啟

寫於教堂山莊園

第七封

蘇珊・維儂夫人致強森太太

艾莉莎吾友芳鑒：

很感激你如此關心費德莉卡，你真是我的好朋友；你一直都對我很好，但即便如此，我也不能要求你如此的犧牲。費德莉卡是個蠢女孩，毫無可取之處。我絕不要你為了我而浪費寶貴時間，讓費德莉卡特地到你愛德華街的家，尤其每去一次就得從學校請假，我想讓她待在桑默斯小姐的學校盡量學習。我希望她在表演與歌唱方面有些長進，並能多些自信，畢竟她遺傳了我的靈巧，聲音也還不錯。

小時候，雙親相當放任我，沒強迫我學任何才藝，以至於我現在欠缺時下美女可用來鍍金的成就。我並非鼓吹跟著當前的流行走，要把語言、藝術、科學全學個精通才行。努力研讀法文、義大利文、德文，然後當個女教師不過是浪費時間；音樂、歌唱及繪畫之類的才藝，會帶給一個女人些許掌聲，卻無法為她添個戀人。優雅和儀態，才是最後的贏家。我的意思不是要費德莉卡內外皆美、術德兼修，我暗自竊喜她可不需要在學校待得久到能明白任何事理——我希望一年內讓她嫁給詹姆士・馬汀爵士。你知道我所言不假，而且有根有據，因為費德莉卡都已經這個年紀了還上學校，對她而言相當難堪。

正因我有這樣的打算，你最好就別再邀她上你那兒去了，我要她盡可能痛恨自己住校的處境。我確定詹姆士爵士隨時可能重燃對費德莉卡的愛意，來信訴衷情。因此，我也要麻煩你，當詹姆士爵士到倫敦時，盡量別讓他有機會與其他女孩過從甚密。然後，偶爾邀他到你家，和他談談費德莉卡，免得他把她給忘了。總的看來，我認為自己在這件事上的表現可圈可點，也覺得自己為了促成這件喜事實在溫柔用心、不遺餘力。有些母親可能一開始便要女兒接受這麼好的一樁姻緣；然而，我可不會將費德莉卡硬推進一樁她強烈反對的婚姻，與其逼她，不如讓她自己選擇，讓她沒有退路以至於非選他不可。

好了，不談這惹人厭的女孩了。你也許想知道我在這兒是怎麼打發時間、過日子的。唉，第一個禮拜無聊透頂。現在，情況開始好轉了。我那弟媳的年輕英俊弟弟雷吉納・德寇西也來到了此地作客，帶給我不少歡樂。這個年輕人很有意思，我該管管他，讓他改改一副和我很熟、沒大沒小的態度。他很活潑，也看似聰明，待我好好教化一番、抹去他姊所灌輸有關我的錯誤印象後，他也許能成為另一個深得我心的調情對象。征服一個桀驁不馴的靈魂，讓原本討厭我的人拜倒在我石榴裙下，沒有比這更好玩的事了。我拘謹矜持的態度已弄得他困惑不已，我要使勁挫挫這幾個姓德寇西自以為是傢伙的驕氣，讓我弟媳認栽她對自己弟弟的耳提面命純屬白費功夫，也要讓雷吉納相信他姊過分誤解我。這個計畫對我來說還算有點娛樂效果，聊慰我與你、以及與其他我所愛之人分隔兩地，所帶來的孤寂與痛苦。即問

刻安

你的摯友　蘇珊・維儂謹啟

寫於教堂山莊園

第八封

維儂太太致德寇西夫人

母親大人膝下：

短期內，您恐怕盼不到雷吉納回家了。他要女兒代為轉告，眼下天氣舒爽，他很樂於受查爾斯之邀，繼續留在薩克斯郡作客，以便和查爾斯一塊兒打獵。他要求立刻將他的馬送過來；此外，女兒也無法告知您，他何時才要回肯特郡。親愛的母親，老實跟您說，他的轉變其來有自，但望別告知父親此事，女兒怕他會太過擔心雷吉納而嚴重影響健康與精神。

蘇珊夫人果然不是省油的燈，才短短兩個星期，就讓雷吉納喜歡上了。簡言之，女兒認為雷吉納不依原定時間回家而選擇繼續待在這兒，半是出於對蘇珊夫人著迷，半是由於要和查爾斯一起打獵，正因如此，原本為了自家弟弟可多待上幾天的高興心情，這會兒全變了樣。說實在的，女兒我被這不守婦道的女人所耍的手段給激怒了，還有什麼比雷吉納前後態度大相逕庭更能證明她的危險呢！他剛到我們家時，明明還很討厭她的！他寫給女兒的前一封信裡，分明提到她在蘭福德莊園離譜的所作所為，且消息來自一位與她相熟的男士，倘若那位先生所言屬實，雷吉納應該會更加憎惡她才是，況且他當初明明對那些話深信不疑。相信他那時對她的鄙視，絕不亞於對全英格蘭任何一位女性的不屑；而且，他初到我們家時還揣測著，蘇珊夫人肯定既不端莊也不自重，是那種若有男人想跟她調情、肯定會樂不可支的那種女人。

然而坦白說，她的行為舉止全然不是那回事，讓人看不出其言行有何可議之處——沒有浮誇，毫無矯情，且絕不輕浮，整個人充滿了魅力；倘若雷吉納不曾從朋友那兒聽聞有關她的所作所為，女兒絲毫不意外他會喜歡上她。可是，雷吉納竟卸下理智、違背信念，如此樂於與她待在一起（這點女兒很確定），還真教人大感詫異。初時，他甚為欣賞她的美貌，不過那尚屬人之常情；爾後，他逐漸被她優雅雍容的儀態所吸引，這點也不足為奇；然而，最近他竟讚賞起她來。就在昨天，他還說，男人若因她的美好與才智而春心蕩漾，是絕對可以理解的；而當女兒我嘆著氣，說起她個性上的缺點時，他竟說無論她曾犯下什麼過錯，也僅僅是欠缺教育與早婚的緣故，還說她是個令人讚賞的女人。雷吉納這種出於仰慕而替她行為找藉口、甚或忘了她錯誤行止的傾向，讓人非常煩惱；早知道他會如此沉浸於教堂山莊園的生活，就不讓查爾斯邀他繼續待下，真後悔讓查爾斯開這個口。

蘇珊夫人的企圖明顯得很——不是要賣弄風情，就是要讓全世界的人都喜歡她；除此之

外，實在很難想像她有什麼正經事要做。一想到像雷吉納這樣的年輕人全然被她玩弄於股掌之間，就覺得難過。叩請

金安

女　凱薩琳·維儂叩上

寫於教堂山莊園

第九封

強森太太致蘇珊・維儂夫人

蘇珊摯友芳鑒：

我為德寇西先生的到來向你致賀，而且我勸你，絕對要嫁給他——你我皆心知肚明，他父親的財產十分可觀，而且我相信他一定是繼承人。雷吉納・德寇西爵士身體羸弱，不可能擋著你的路太久。我聽說那年輕人風評不錯；我親愛的蘇珊，雖說沒人真正配得上你，但德寇西先生也許值得擁有你。曼華林先生當然會因此醋海生波，不過你三兩下即可安撫他；更何況，你總不至於等到他放手才另尋出路吧！

我已見過詹姆士・馬汀爵士；上禮拜他進城待了幾天，也來過愛德華街好幾次。我跟他談起你，還有你女兒，他對你們母女念念不忘，我確信他很樂於娶你們當中任一人為妻。我告訴他，費德莉卡的態度收斂多了，而且容貌越來越美，藉此給他希望。我也罵他和瑪莉亞・曼華林亂愛一場，他辯稱那只是開玩笑罷了；接著，我們便對這位曼華林小姐的願望落空放聲大笑不已；簡言之，我們相談甚歡。他依舊蠢呆如往昔。即請
大安

你的摯友　艾莉莎謹啟
寫於倫敦・愛德華街

第十封

蘇珊・維儂夫人致強森太太

艾莉莎吾友芳鑒：

非常感激你，給了我有關雷吉納的忠告，我知道那是你衡量利弊後的權宜之計，只是，目前我並不想這麼做。婚姻大事，我實在無法草率決定，尤其當下的我並不缺這個錢！況且，除非他老頭兒不在了，否則這樁婚姻也很難有什麼實質利益。當然，我完全可以將那小子手到擒來，我已讓他領教了我的厲害，收服了這個原本對我存有偏見、打算與我為敵的人，此時此刻，我正充分享受著征服的快感。

他姊姊也是，讓我生活中的樂事更添一樁——此時，她必然已明白，對自己弟弟諄諄教誨了老半天，淨說別人有多壞，一旦照了面，那人所展現出的聰慧與風度幾乎要讓自家弟弟棄械投降。

我很明顯看出，她弟弟對我的好感與日俱增，這點讓她很不安，更何況她已無法再做些什麼能讓她弟弟討厭我了。有一次，他甚至認為自己姊姊對我的批評有失公允呢！我認為我大可向她宣戰！看到他對我的態度日益親密，這感覺還真愉快，尤其是了然於心他之所以改觀，乃因我刻意保持驕矜姿態、漠然無視他的輕慢舉止之後。

打從一開始我便謹言慎行。我這一生未曾有過賣弄風騷行徑，但掌控別人的慾望倒不言可喻。憑著感性與理性的言談，恕我大膽說一句——他整個人至少有一半愛上我了，他的態度流露出真誠的感情，毫無調情兒戲味道。

我想我弟媳相當清楚，她對我的負評，我會牢記在心，絕不可能讓事情就此雲淡風輕；光憑這一點她應該看得出，我將如何回應她弟弟的溫柔真情。然而，她愛怎麼想、怎麼做，就隨她吧！我還沒見過哪個姊姊有能耐勸退得了熱戀中的男人。

我與他已逐漸發展到某種互相信任的階段，簡言之，就是那種柏拉圖式的情誼。就我這方面來說，我可以跟你保證，事情僅僅如此而已，即便眼下心無所屬，我也不會把感情用在一個曾膽敢把我想得無比邪惡的男人身上。不過，雷吉納身材好，也算配得上你給他的稱讚了，但比起我們蘭福德的朋友，還是差上一大截——雷吉納沒有曼華林那麼幹練，不如他圓滑，說到那種光憑三寸不爛之舌就能讓人飄飄欲仙的嘴上功夫，更是望塵莫及。話雖如此，雷吉納畢竟是個滿能逗我開心的有趣年輕人，倘若沒有他，面對我弟媳那種拒人於千里之外的態度，還有我小叔那窮極無聊的談話，日子還真難打發呢！

你對詹姆士．馬汀爵士的看法真讓人心有慼慼焉。我打算再過不久，就準備向費德莉卡暗示我的心意。即問

刻安

你永遠的好朋友　蘇珊．維儂謹啟

寫於教堂山莊園

第十一封

維儂太太致德寇西夫人

母親大人膝下：

眼看蘇珊夫人對雷吉納的影響與日俱增，女兒內心著實漸感不安。他們現在已成了莫逆之交，兩人經常一塊兒聊天，且總是聊個沒完沒了；她實在太會耍手段，使出了最上乘的媚功，讓雷吉納不知不覺中變成她的應聲蟲。雖說很難將此事聯想到蘇珊夫人的再婚計畫上頭，但看著他倆在這麼短時間內互動得如此頻繁密切，很難不讓人起疑。女兒盼您盡可能找個名目讓雷吉納回家；儘管曾多次以父親身體欠安為由暗示他回家，他卻毫無離開之意，再怎麼說，做姊姊的總不好趕他走吧！

如今，蘇珊夫人對他的影響力可說是無與倫比，她已全然抹消之前在他心中的惡劣印象，讓他不僅打算遺忘那些惡行，甚至挺身而出為她說話。先前他的朋友史密斯先生說過，她在蘭福德莊園時，曾讓主人曼華林先生，以及一位已經與曼華林小姐訂婚的男士，雙雙因她之故移情別戀；雷吉納剛來到時，還曾義憤填膺的譴責她的惡行，現在卻相信那只是無中生有的惡意造謠。他甚至還滿心真誠的對我說，很後悔當初輕易聽信讒言。

真令人難過，女兒竟讓這女人進了家門！當初聽聞她要來，便感到忐忑，怎麼也沒想到事情演變成要為自己的親弟而心焦。原本只當要接待一位不受歡迎的友伴，萬萬沒想到，那原視她如敝屣、對她惡劣伎倆知之甚詳、絕無上當受騙可能的自家弟弟，竟成了她的戰利品。若您能盡快讓雷吉納離開此地，當真再好不過。叩請

金安

女　凱薩琳・維儂叩上

寫於教堂山莊園

第十二封

雷吉納・德寇西爵士致其子

吾兒如晤：

為父的知道年輕人向來不願被過問私密情事，即便對最親愛的家人亦如此，但望你莫要無視老父的擔心與苦口良言，只顧堅持己見。你要知道，身為獨子，且代表著一個古老的家族，你生活中的一言一行無不受到親友關注，婚姻大事尤為眾人矚目焦點。此刻，險境已然來臨，你自己的幸福、雙親的幸福，以及你的聲譽全都岌岌可危。

為父的不認為你會在未告知雙親或未徵得同意的情況下，擅自與人訂立婚約，但為父的仍不禁認為你這是被人給操弄了，被那位最近與你過從甚密的女士牽著鼻子往婚姻大事方向走，整個家族遠親近戚肯定都會強烈反對這樁婚姻。

光是蘇珊夫人的年齡就是一大問題，但更嚴重的是她欠缺操守，她的品行問題反倒讓你們之間十二歲的年齡差距顯得不重要。若非是你被她迷昏了頭，實無須為父的提醒你，她做過的醜事有多麼遠近馳名、人盡皆知。

她對丈夫的疏忽、對其他男子的青睞，她荒唐的言行、放蕩的舉止，在在令人不齒；她的行徑讓人驚駭，更讓人無法釋懷；這位，簡直是家喻戶曉的一號話題人物。只是，因你姊夫之故，我們的家族多少對她還算客氣。話說回來，儘管你姊夫對她寬懷以待、原諒了她，我們卻都記得很清楚，當初她如何為了一己之私不擇手段阻撓你姊姊與姊夫結婚。

年紀漸大與健康日壞，使為父的急欲見你安定下來。你未來的妻子身家是否富裕，實無關緊要，但家世與品行必得無可挑剔才行。一旦你擇定家世人品齊備、讓人無可指摘的女性為對象時，老父我必定二話不說，欣然同意。但反對一樁建構在欺騙之上、終將導致不幸的婚姻，卻是此刻責無旁貸的當務之急。她極可能僅僅以她慣常的狐媚姿態對你，或者只是想擄獲一顆她認定原本對自己滿懷偏見的心；但，更可能的是，她懷有更大的野心！她沒有錢，自然想找個對自己有好處的人改嫁；而你很清楚自己的權益，基於法律規定，再怎麼樣，你都會是家中產業的繼承人，況且，無論如何，為父的這輩子都做不出傷你的事。

坦白說出此番心緒與意圖，實無意恫嚇你，只是想論情說理。倘若你真娶了蘇珊・維儂夫人為妻，那麼，為父的這輩子將不再有歡喜快樂，也必然無法再以你為榮；為父的將不齒與你相見、也不願聽聞你消息，連想也不願想到你。

從女兒與夫人的通信，德寇西爵士意外得知愛兒雷吉納似被愛情沖昏了頭，擔心之下寫了封信加以告誡。

此封家書除抒發一己情緒，或許別無作用，但仍得盡我為父之責警告你別跟她在一起；更要讓你知道，你對蘇珊夫人的袒護在你的朋友之間已非祕密。老父很樂意聽聽你何以否決了史密斯先生之言，畢竟一個月前，你尚且深信不疑！若你能向為父的保證，除短暫沉浸在蘇珊夫人聰明靈巧的言談與她美麗動人的外表下，別無其他心思，且對她的缺點不至盲目得視而不見，那麼，為父的便能安然放下心頭重擔；如若不然，至少向老父解釋，你對她的看法何以如此驟然生變。順頌

近佳

父示

寫於帕克蘭茲莊園

第十三封

德寇西夫人致維儂太太

女兒如晤：

真不巧，你前封信寄達時，為母的正臥病在床，且因感冒影響了視力沒法讀信，你父親於是熱心的唸給我聽，由此，你對雷吉納的擔心全在他面前洩了底，此事讓老母深感懊惱。為母的當即打算，待視力允許，將立刻去信吾兒，信中將傾力勸說他這個有著光明前程的年輕人，若與蘇珊夫人此等城府深沉的女子過於親近，無疑將自己推入險境。此外，為母的也會提醒他，兩老極為孤單，非常希望他返家相伴，共度漫長冬夜。

這麼做會不會產生果效，目前尚未可知，但為母的十分煩惱讓你父親得知此事，畢竟我們先前一直擔心他可能會因此事心情大受影響。果不其然，打從收到你的來信，他便愁眉不展，而且我確信，從那時起，此事一直在他腦海盤旋不去。看完信，他立刻去信雷吉納談論此事，並要他說個明白，蘇珊夫人究竟為自己做過的那些驚人之舉做了何等辯白。

雷吉納的回信今早寄達，將隨函附上給你看（你應該會想看）。倘若信上所寫的能讓人更放心些就好了，但從他信上所言看來，他對蘇珊夫人的看法仍很正面，而儘管明確提及蘇珊夫人不會是他結婚的對象，為母的還是沒法安心。話雖如此，我仍盡量安撫你父親，要他放心，而他在接到雷吉納的回信後，心緒顯然已沒那麼不安。

親愛的凱薩琳，這位不速之客不但害你們聖誕節無法回來團聚，還帶給我們這麼多麻煩，讓我們又惱又氣，真是討人厭哪！替我吻吻我可愛的外孫。順問

近祺

母示

寫於帕克蘭茲莊園

第十四封

德寇西先生致雷吉納爵士

父親大人膝下：

接獲您的來信，信上所言讓孩兒震驚無比。還真多虧了姊姊，讓您感到孩兒的行為如此不堪，致使您心情大受攪擾。孩兒真不懂，姊姊為何要讓自己、還有家人為了一件除了她之外沒人認為會發生的事（孩兒向您保證），而惴惴不安。說蘇珊夫人想跟孩兒結婚，真是毫無創意的說法，討厭她的人總喜歡拿這等事詆毀她；說孩兒想跟蘇珊夫人結婚，更是全然扭曲的想法。光兩人之間的年齡差距便是一道無法克服的障礙，因此懇求您，親愛的父親，放下心來，別再因這件我們深知不可能發生的事而煩心。

誠如您信上所言，蘇珊夫人除了讓人短暫沉浸在她聰明靈巧的言談之外，孩兒別無其他想法。倘若姊姊與姊夫想讓孩兒在他們家作客期間賓至如歸，姊姊理當對我們公道些才是；可是，無論孩兒好說歹說，姊姊就是對蘇珊夫人成見很深。姊姊與姊夫彼此相愛，因而成就了幸福的婚姻；但她一直對蘇珊夫人當初力阻他們結婚無法釋懷，總將此事歸咎於蘇珊夫人的自私；但平心而論，此事或其他許多事，是這個世界粗鄙的傷害了蘇珊夫人，人們總將她所言所行冠上最惡劣的動機。蘇珊夫人乃因聽信了不利姊姊的讒言，擔心她所關愛的小叔會因跟姊姊結婚而失去幸福，才想阻止他們結婚。這個顧慮說明了蘇珊夫人行為的真正動機，也可排除眾人一直以來加諸於她的非議，也讓我們知道人云亦云之事可信度有多低；然而，無論一個人有多正直不阿仍難逃他人惡意誹謗。倘若連姊姊這種安居家中、沒什麼機會作惡的人也免不了批評他人，那麼我們更不該貿然譴責那些生活在五光十色世界，被試探所包圍、隨時都可能犯錯的人。

對於如此輕信查理・史密斯編造的惡意中傷蘇珊夫人情事，孩兒著實自責不已，蘇珊夫人已對孩兒說明整件事全是惡意詆毀。史密斯說，曼華林太太的醋罈子都快打翻了，根本是他自己的想像。而他說曼華林小姐的戀人被蘇珊夫人弄得移情別戀，也無甚事實根據；詹姆士・馬汀爵士乃受曼華林小姐之邀前去向她致意，況且詹姆士爵士相當富裕，曼華林小姐欲與他結為連理之心甚為明顯。眾所皆知曼華林小姐想釣個金龜婿，因此，當男方被更有魅力的女性所吸引、而對曼華林小姐打退堂鼓時，沒人會同情她，只因她的出發點不純良，很可能導致一個正直的男人由此葬送一生幸福。

蘇珊夫人全然沒料到自己搶了別人的情人，並在得知曼華林小姐因戀人臨陣脫逃而悲憤不已時，不顧曼華林夫婦這對好友伉儷的百般慰留，毅然決然離開了曼華林家。孩兒有充分理由相信，詹姆士爵士確實向蘇珊夫人求過婚，只不過，發現詹姆士爵士愛上自己後，她便立即離開蘭福德莊園。由此看來，任何一位正直坦率的人都可明白，此事與蘇珊夫人絕無關係。敬愛的父親，走筆至此，孩兒很確定您會相信這些都是實情，並將給予身心俱疲的蘇珊夫人公正的評語。孩兒知道蘇珊夫人乃秉持著最高貴美好的意圖來到教堂山莊園；她謹言慎行，無須掛慮經濟，對姊夫的關懷無人能及，期盼得到姊姊的好感卻事與願違。而做為一個母親，她亦無可指摘，為了讓女兒得到最適當的教育，將她送進了一所精心擇定的學校，這是她愛女心切的具體展現；只因她不像大部分母親那樣不明就裡的寵愛孩子，便被批評為失職的母親。然而，每個理性的人都知道，她精心引導孩子學習的作法是值得讚許的，而且孩兒也將祝福她那位不在母親羽翼下的女兒費德莉卡，離家在外有更好的學習果效。親愛的父親，孩兒已將自己對蘇珊夫人的看法與感情全告訴了您；從信上，您不難看出孩兒何等推崇蘇珊夫人的才智、何等尊敬她的為人；若此番真心實意的保證仍難以消解您全然不必要的疑慮，孩兒會有多傷心哪！叩請

金安

兒　雷吉納・德寇西叩上

寫於教堂山莊園

第十五封

維儂太太致德寇西夫人

母親大人膝下：

隨函附還雷吉納的信，很高興得知父親由此放下不少心，也請代為向父親轉達欣喜之意。不過，有些事我們母女之間說說就好——雷吉納的信只能讓人相信，儘管眼前沒有娶她的打算，難保三個月後他不會改變主意。

他把她在蘭福德莊園的行為說得很好聽，讓人衷心企盼他所言不假，但這些一定全是蘇珊夫人單方面說詞。與其相信雷吉納與蘇珊夫人之間對此事的討論、對真相的還原，女兒倒更相信他倆之間情意越發滋長，這點真讓人忍不住悲嘆。讓雷吉納心中不快，女兒深感歉意，但他急於為蘇珊夫人辯白，亦於事無補。看來他真的很不諒解這個做姊姊的，只希望時間能證明女兒對她的看法並未流於草率魯莽。

儘管有充分理由討厭她，但此時此刻也只能對這個可憐的女人寄予同情，誰教她處境堪憐，屋漏偏逢連夜雨。今早，她接獲一封從她女兒學校寄來的信，要求費德莉卡・維儂小姐即刻離校，原因是被發現意圖逃校。原因為何？要往哪裡去？皆不得而知；不過，事情似已無轉圜餘地，真教人難過。蘇珊夫人當然為此沮喪不已。費德莉卡應該有十六歲了，也該懂點事才對；不過，從她母親的暗示來看，恐怕她是個怪異的女孩。話雖如此，畢竟她從小就被疏忽、欠缺照顧，她母親理應記得這點才是。蘇珊夫人一決定要怎麼做之後，查爾斯便啟程前往倫敦。他若能說服校長讓費德莉卡繼續留在學校當然最好；要是沒辦法，眼下也只好帶她回教堂山莊園，等找到其他可行的安排再說。

就在此時，蘇珊夫人正忙著與雷吉納在灌木叢間散步，好替自己壓壓驚。女兒猜想，在這種沮喪時刻，雷吉納肯定不負蘇珊夫人所望，表現得既溫柔又貼心。蘇珊夫人談了好多有關費德莉卡的事，她當真舌粲蓮花；但說句失禮的話，正因說得太動聽反而讓人感覺不到什麼真心。不過，女兒也不再挑她的錯了，畢竟她很可能成為雷吉納的妻子呢！但願不會成真才好！然而，何必杞人憂天呢？查爾斯說，蘇珊夫人今早讀過信後，臉上出現前所未見的難看神色；他的判斷又豈會亞於女兒我？

蘇珊夫人非常不願讓費德莉卡到教堂山莊園來，好像得做些什麼好事才能換取這個獎賞似的；可是，不讓她上這兒來，又要叫她去哪兒？更何況，她也不會在這兒待太久。蘇珊夫人還對女兒我說：「親愛的弟媳，費德莉卡來這兒住時，您一定得對她嚴厲點；再怎麼嚴厲都行，我一定好好跟您配合。只怕我向來太嬌寵她了。我家費德莉卡的個性實在挺拗的，您可得支持、鼓勵我才好。若我對她太寬容，您一定得指摘我才行。」這些話全說得頭頭是道。此外，這可憐女孩的行為也氣壞了雷吉納。當然，他之所以嫌惡她，絕對跟蘇珊夫人無關；可是這就怪了，他對費德莉卡的印象應該都來自蘇珊夫人的描述才是。唉，不管雷吉納的命運將如何，至少我們都努力過要救他了。看來，這件事只能託付給上帝。叩請

金安

女　凱薩琳・維儂叩上

寫於教堂山莊園

第十六封

蘇珊・維儂夫人致強森太太

艾莉莎摯友芳鑒：

我這輩子最大的火氣算是被今早一封桑默斯小姐寫的信給惹出來了——我那討人厭的女兒居然企圖逃跑。我從不知道她是這樣一個搗蛋鬼，還以為她和維儂家的人一樣膽小害羞。不想，一接到我要她跟詹姆士・馬汀爵士結婚的信，竟想一走了之；除了這個原因，我實在想不出她為何要這麼做。我猜，她八成打算到斯坦福郡的克拉克家，除了他們，她也沒別的朋友了。反正，她非受點懲罰不可——她是嫁定他了。我已讓查爾斯進城處理此事，希望他能大事化小、小事化無；因為，我完全不想讓她到這兒來。

倘若桑默斯小姐不願她繼續待下，你可得幫我找其他學校了，否則就是讓她立刻嫁出去。桑默斯小姐信上說，不論原因為何，她都無法接受自己的學生有此反常行為；這點更加深了我先前的想法沒錯。費德莉卡太害羞，也很怕我，我不擔心她會在叔叔面前說些什麼；即便性情溫和的叔叔引得她和盤托出一堆事，我也不怕，我自有一套妥善說法能脫身。若說我有什麼可自誇的，那絕非我的口才莫屬。能言善道招來的注目與尊敬，正如美貌招來讚美那樣，而我在這兒有的是機會一展長才，畢竟我大半的時光都消磨在說話上。雷吉納只有在我們兩人獨處時才會輕鬆自在，若天氣不錯，我們總會花上好幾個小時在灌木叢間散步。整體而言，我非常喜歡他，他既聰明又健談，但有時也很莽撞，惹人厭煩。他不時拿自己聽說過有關我的壞話來問我，並總是打破砂鍋問到底，非得對每件事徹頭徹尾的了解才肯罷休。這也是一種愛，但老實說，不是我喜歡的那種就是了。相較之下，曼華林的無限溫柔與包容讓我喜歡得多，在他心中，我渾身上下全是優點，無論我做什麼、怎麼做都對；而且他對那種太過理性思維的講究與懷疑，充滿了不屑。曼華林真是無人能比，他比雷吉納好太多了，在很多方面都勝過雷吉納，只是，他卻無法跟我在一起！可憐的傢伙！讓他滿懷嫉妒也是沒辦法的事，因為我知道這是保有愛情的最佳手段。他一直挑逗我，要我答應他到這附近來，在離我不遠處找個地方住下；但，我無論如何都不同意。我得記取前車之鑑，況且，人言甚為可畏。即問

刻安

你永遠的摯友　蘇珊・維儂謹啟

寫於教堂山莊園

第十七封

維儂太太致德寇西夫人

母親大人膝下：

查爾斯在星期四晚上回來了，也把姪女一塊兒帶了回來。那天稍早，蘇珊夫人收到他一封信，說明學校校長桑默斯小姐不讓費德莉卡繼續留在學校；我們隨即準備迎接費德莉卡的到來，一整晚都在焦急的等候他們。他們抵達時，我們正在喝茶，費德莉卡帶著異常驚恐的一張臉進了門。蘇珊夫人早前已經哭過，她因等著與女兒相見而焦慮不已，及至見了女兒，一切倒表現得很克制，絲毫未悖離一個慈母應有的言行。她沒怎麼跟她說話，而當我們全都就座、費德莉卡忍不住哭出聲時，便立即被帶了出去，過了好一會兒，蘇珊夫人才又進來。當她再次出現時，雙眼十分紅腫，態度就跟未見著女兒之前一樣焦慮。不過，費德莉卡卻沒跟她一塊兒進來。可憐的雷吉納，看著他美麗的朋友情緒如此低落，心中萬分不捨，看她的眼神滿滿都是憐愛。女兒不經意朝蘇珊夫人看去，卻看見正瞅著雷吉納瞧的蘇珊夫人，臉上竟現出一絲狂喜，真教人快受不了。她一整晚都是那副可憐巴巴的神情，只是，她如此故意、又這般奸詐狡猾的應對，實在很難說服人她表裡一致。見過費德莉卡後，更讓人不喜歡蘇珊夫人了；那可憐的女孩看起來不幸至極，女兒的心簡直忍不住要為她而痛。蘇珊夫人真是太嚴厲了，像費德莉卡那樣的女孩，一看就知道無須對她疾言厲色。她看起來十分靦腆，神情既沮喪又懊悔。模樣很好看，不過，沒她母親那麼迷人就是了；其實，她一點也不像她母親。皮膚細緻，但沒她母親那般白皙亮眼；有著維儂家的五官，鵝蛋型的臉上有雙溫和黝黑的眼睛；跟我們說話時，她的神情特別甜美，只因我們待她很好，她也樂於對我們表示感激。

蘇珊夫人一直暗示費德莉卡是個很難管教的女孩，可是女兒卻從未見過比她更溫馴的臉孔；且就她們母女的互動來看，蘇珊夫人只一個勁兒的嚴厲指責，而費德莉卡只沉默的沮喪以對；是以讓人相信，蘇珊夫人對費德莉卡並非真心關懷，且從未善待或疼愛過她。女兒一直沒什麼機會跟這位姪女深談，但看得出她很害羞，且似有顧忌不太敢親近我。她為何要逃校？是個始終得不到答案的問題。想必您也知道，回來的路上，她那心地善良的叔叔因為怕她難過，也不好多問些什麼。當初要是女兒我、而不是查爾斯去接她就好了，在那段近五十公里的路程中，肯定能跟她聊出事情的梗概才是。

這幾天，在蘇珊夫人的要求下，小鋼琴已搬到了她更衣室去，費德莉卡就在那兒消磨大半時光。說是練習琴藝，每當經過那兒卻鮮少聽到任何聲響，至於她一個人在裡頭做些什麼就不得而知了。儘管那裡頭書很多，不過對一個長到十五、六歲都沒能好好受教育的女孩來說，應該不會對閱讀有興趣；況且，就算想讀也不見得能讀懂。可憐的孩子！她窗外的景色也沒什麼可看的，因為房間下方是片大草坪，另一邊則是灌木叢，可看到自己母親與雷吉納在那兒愉快的談心散步個把小時。費德莉卡畢竟稚氣未脫，讓她見著此情此景，內心衝擊想必不小。做母親的端出這種身教給女兒看，實在不可原諒吧？然而，雷吉納依舊認為蘇珊夫人是最棒的母親，依舊指責費德莉卡是個一文不值的女孩！他全然相信費德莉卡之所以想逃離學校乃出自無來由的任性。當然，沒有證據說她這麼做必事出有因，但桑默斯小姐確實說過，費德莉卡打從進學校開始直到被發現企圖逃跑，這段時間一直很循規蹈矩。蘇珊夫人說的那些讓雷吉納深信不疑的話，可沒那麼容易讓人採信；若只是不想受老師管轄以及對學習沒興趣，怎可能導致逃校這種結局？噢，雷吉納，你的判斷能力已淪為蘇珊夫人的奴隸！他甚至不覺得費德莉卡長得好看，每當女兒我稱讚她的美貌，他總輕描淡寫的說她眼睛無神！有時又信誓旦旦說她欠缺理解力，有時又說她個性有問題。簡言之，從說謊的人那兒得到的資訊總是前後矛盾的。蘇珊夫人認為費德莉卡該受眾人指摘，便時而說她個性不好，時而悲嘆她不夠聰明。雷吉納只不過是以這女人的意見為意見罷了。叩請

金安

女　凱薩琳·維儂叩上

寫於教堂山莊園

第十八封

維儂太太致德寇西夫人

母親大人膝下：

很高興得知您在女兒的描述下對費德莉卡頗有好感，女兒真的認為她是個得人疼的好女孩；最近有件極為震驚的事要告訴您，知道後，相信您會更喜歡她。

這陣子，女兒實在忍不住想，費德莉卡應該是愛上雷吉納了。很明顯的，她經常帶著一種既讚賞又哀愁的眼神瞧著雷吉納。雷吉納長得俊自不在話下，但更吸引人的是那大方坦率的態度，相信費德莉卡也有同感。經常愁容滿面、若有所思的她，只要一聽到雷吉納說些好笑的話，臉上就會立刻綻放明亮甜美的笑容；且若沒看錯，每當雷吉納談起嚴肅話題，只消一兩句便足以把她嚇跑。女兒會讓雷吉納留意這所有的事；因為我們都明白，以雷吉納的性格，倘若得知自己受到了仰慕，這作用力該有多大。若是費德莉卡純純的愛能將雷吉納從蘇珊夫人身邊拉開，我們可真要感謝上帝讓這女孩來到了教堂山莊園。

親愛的母親，女兒認為您不會反對費德莉卡做您兒媳婦的。她非常年輕，儘管沒受過良好教育、又有個言行引人非議的母親，但女兒敢保證，她的個性極好，且極為聰明。雖說她目前沒什麼值得誇獎的表現，也絕不像她母親說的那般無用。她其實很喜歡閱讀，也花了很多時間看書。她母親絕大部分時間都不理她，因此女兒我便盡可能的陪她，花了好多心力，總算讓她不再那麼膽小與羞怯。我們現在是好朋友了，儘管她在母親面前絕不開口，但只要我們兩人一獨處，她總是暢所欲言；讓人不禁想，要是蘇珊夫人能給她適當的教養與關愛，她一定會出落得亭亭玉立、人見人愛。費德莉卡是個再溫柔不過的善良女孩，純樸真誠且毫不做作，這幾個小堂弟妹也都非常喜歡她。叩請

金安

女　凱薩琳・維儂叩上
寫於教堂山莊園

第十九封

蘇珊・維儂夫人致強森太太

艾莉莎吾友芳鑒：

我很清楚你迫不急待想多知道些費德莉卡的事，也許你會覺得我怎麼拖了那麼久都沒告知進一步消息。

上上禮拜四，費德莉卡跟著她叔叔一塊兒回到教堂山莊園，當然，一見到她，我二話不說就問到底怎麼回事。不久，我即發現當初臆測得沒錯，果然是因為我那封信——要她跟詹姆士・馬汀爵士結婚真的嚇壞她了，於是混雜著少女的叛逆與愚蠢之情，她下定決心離開學校，直奔克拉克家找她的朋友。校方發現她失蹤後，立刻出去追，及至追上，她已走了兩條街那麼遠。這還是費德莉卡・維儂小姐有生以來第一次出門遠行，真值得記上一筆！試想，以十六歲之齡，就膽敢有這種作為，那麼往後的日子裡，我們不難想像她將幹出什麼聲名大噪的事情

我那討人厭的女兒居然想從學校逃走，艾莉莎，你說她是不是好大的膽子！

蘇珊，你應該多為自己打算，少為女兒著想。她那種個性對你一點好處也沒有。

來。反正，我被她給氣壞了，而桑默斯小姐為了維持校譽，執意不讓費德莉卡待下；她說得倒好聽，什麼讓費德莉卡跟家人在一起，好處更勝於在她那兒受教育。我看，她是怕我付不出學費以此為藉口搪塞罷了。反正就是這樣，費德莉卡又回來當我的拖油瓶了；眼下，除了積極運籌帷幄替她在蘭福德莊園起了頭的愛情故事能有個完結篇，再無其他事她能派得上用場。

不過，她愛上雷吉納・德寇西了！這個女孩！忤逆她母親、拒絕了一門高攀的親事不說，竟在母親未允許的情況下擅自愛上一個男人。我從未見過在她這個年紀就如此大膽向異性示愛的女孩。她的感情頗為強烈，且總是真誠無偽的表現出天真無邪，殊不知這樣恰巧會讓人看扁，會讓每個見到她的男人認為她是個愚蠢的傻瓜。

在愛情的領域裡，不帶點矯柔造作絕對行不通；那孩子若非天生笨呆，就是故意裝得一副蠢樣。我還不確定雷吉納對她有何看法，也不知結果將會如何。她現在根本引不起雷吉納的注意，但要是雷吉納知道她心裡在想些什麼，只怕也會對她嗤之以鼻。維儂家的人倒認為她生得很美麗，不過雷吉納對她免疫。

費德莉卡非常喜歡與她嬸嬸相處，當然了，誰教她跟我一點也不像。她和那個老愛堅持己見、喜歡在談話中突顯自己既聰明又賢慧的嬸嬸，簡直處得如魚得水；當然，費德莉卡哪裡及得上她一絲一毫。費德莉卡初到此地時，我曾花了點心思不讓她太常親近嬸嬸；但現在不用操這個心了，我叮囑過不可亂講話，看來她會聽我的。然而，我可沒因眼前光景一片和諧，就放棄了讓她嫁給詹姆士爵士的打算。絕不！儘管還沒決定該如何提起此事，但肯定勢在必得。這件事我最好別在教堂山這裡提，免得自以為聰明的維儂夫婦發動攻勢苦口婆心的勸我；更何況，我現在手頭也不方便，去不了倫敦。所以，得讓費德莉卡・維儂小姐再等一下下了。即問
刻安

你的摯友　蘇珊・維儂謹啟
寫於教堂山莊園

第二十封

維儂太太致德寇西夫人

母親大人膝下：

眼下，我們家來了位不速之客——他是昨天上門的。聽見門口傳來馬車聲的當下，女兒我正在陪孩子吃晚餐；但想想，得去看看才行，因此快步走出孩童室，往樓下走去。才下了一半樓梯，就遇到臉色死灰的費德莉卡正往樓上跑，飛也似的從身旁經過，躲回她自己房裡去了。女兒立刻跟上前去問她怎麼了？她說：「噢！他來了，詹姆士爵士來了，我該怎麼辦才好？」聽得人一頭霧水，只好請她詳細說明。就在那時，敲門聲響起，打斷了談話，是雷吉納，蘇珊夫人要他叫費德莉卡下樓。她立刻臉泛紅暈的說：「是德寇西先生敲的門！是媽媽讓他來叫我的，我得下去了。」於是我們三人一起下了樓。雷吉納還將費德莉卡那張嚇壞的臉審視了好一番。

我們在早餐室看到蘇珊夫人，以及一位紳士模樣的年輕男子，她向我們介紹說這位是詹姆士・馬汀爵士。母親，想必您還記得，他就是對曼華林小姐移情別戀、使蘇珊夫人忍痛揮別友人的男主角。不過，這位拜倒在蘇珊夫人石榴裙下的愛情俘虜，似乎不受這女人垂青，又或者，她已把他轉給自家女兒了；因為此刻詹姆士爵士正瘋狂愛戀著費德莉卡，且蘇珊夫人也極力促成這門親事。儘管如此，卻清楚感覺得到那可憐的女孩並不喜歡他；雖說詹姆士爵士看起來一表人才，也頗為健談，但我們夫妻倆都覺得他是個很軟弱的年輕人。走進早餐室時，費德莉卡整個人既害羞又不知所措，教人很是不捨。儘管蘇珊夫人招待訪客相當殷勤，卻看得出她並非發自內心歡迎他來。詹姆士爵士侃侃而談了許多事，並一再為自己突然造訪致歉；談話間，他多次夾雜了不必要的笑聲，一再重複說著一些事，且三次提及不久前的一個晚上曾去拜訪強森太太。他偶爾會跟費德莉卡聊一下，但更常跟她母親說話。那可憐的女孩只能低垂著雙眼，臉上一陣青一陣白，不發一語的一直坐著。雷吉納則在旁安靜觀察所發生的一切。最後，蘇珊夫人應該是覺得疲乏了，便提議到外面走走；於是請二位紳士稍待，我們幾位女伴添件外套就來。

上樓時，蘇珊夫人說希望耽誤幾分鐘到女兒我的更衣室談一下，看她一副焦急的模樣，只好依言領她前去。一關上門，她立刻說道：「親愛的弟媳，詹姆士爵士突然造訪真是讓我嚇了有生以來最大一跳，我為這樣一位不速之客對您造成不便，非常抱歉，但對我這個做母親的來說，卻覺得非常榮幸。他是如此愛戀小女，無法克制想見她的心情。詹姆士爵士是個脾氣溫和、品格優秀的年輕人，或許稍嫌聒噪，不過一、兩年內就可改善；除此之外，其他方面都與費德莉卡很登對。因此我一直極力促成這樁婚事，希望您跟小叔能衷心贊同兩家聯姻。我從未對任何人提起這件事的可能性，畢竟費德莉卡之前尚在求學，這種事不提為佳；不過，我現在確信費德莉卡年紀太大已不適合到學校去，便考慮起她和詹姆士爵士的婚事。我本來就打算近日內向您和小叔提這件事。親愛的弟媳，我相信您一定會原諒我現在才說出此事，而且一定會贊同我在事情未明朗前所採取的保密作法。再過幾年，當您有幸為您可愛的小凱薩琳，覓得家世門第、品格皆無可挑剔的好人家時，就能體會此時我心中的感受了；不過，感謝上帝，您的境遇比我好得太多。小凱薩琳生活富裕，不像費德莉卡，還要我這個做母親的為她的生活操心。」

結論是，她希望得到女兒我的祝福，我當即笨拙的說了些祝福的話（說真的，她突如其來說了這麼一件大事，真讓人瞠目結舌，自然連話都說不清楚）。不過，她非常熱情的道著謝，一直謝謝如此關心她們母女的幸福，然後又說：「親愛的弟媳，我是個不擅表達感情的人，且從來也沒法昧著良心說話，因此，您大可相信以下我要說的——早在認識您之前，我便聽聞過許多對您的讚美，只是未曾想到自己會像現在這麼愛您；而且，我得說，您的這份情誼對我而言深具意義，讓我好高興。因為我知道有人故意在您面前中傷我，想讓您對我存有偏見。只是，無論那些人是誰，恐怕他們都要白費苦心了，他們真該看看我們處得多好，多麼相親相愛；我就不多耽誤您了，您是如此善待我們母女，上帝將賜福您繼續享受眼前的幸福快樂！」

親愛的母親，對於這樣一個女人，還能說些什麼？如此真誠！如此一本正經！可是，仍讓人忍不住懷疑她所說的每句話究竟有多可信？

至於雷吉納，相信他一定不曉得這是在演哪齣戲。看著突然現身的詹姆士爵士，他目瞪口呆、困惑不已；那年輕人的愚蠢與費德莉卡的不知所措，一直在他腦海盤旋不去。儘管與蘇珊夫人私下小聊後已較平復，但他仍對蘇珊夫人為何讓這等男子追求自己女兒難以釋懷。詹姆士爵士一派自若的主動說要留宿教堂山莊園幾天，但或許又意識到此舉甚為魯莽，接著便說希望我們看在這層關係的情面上別介意才好，還一邊搭配幾聲乾笑一邊說，畢竟我們可能很快就要結為親家了！就連蘇珊夫人似乎也被他這大膽作風弄得啼笑皆非，她內心想必巴望著他趕快離開。

事已至此，我們一定得幫幫那可憐的女孩，如果她叔叔和我沒有誤解，那麼無論如何絕不能讓她成為任何計策或野心下的犧牲品，我們不能棄她於痛苦深淵而不顧。她屬意雷吉納・德寇西，儘管雷吉納可能瞧不起她，但就算是這樣也強過嫁給詹姆士爵士。一旦有機會與她獨處，女兒便會將事情問個清楚；只是，她似乎一直有意迴避，但願她不是在進行什麼壞事，希望沒錯看了她才好。對於詹姆士爵士的言行舉止，她內心很明白、也為之羞赧，但其中應不至於帶有鼓勵他進一步的意味。再會了，親愛的母親。叩請

金安

女　凱薩琳・維儂叩上

寫於教堂山莊園

第二十一封

費德莉卡・維儂小姐致德寇西先生

德寇西先生惠鑒：

請原諒我的冒昧，若非憂傷沮喪難當，我亦羞於煩擾您。詹姆士・馬汀爵士讓我很不舒服，而我想這個世界上只有你才幫得了我，因為媽媽不准我跟叔叔嬸嬸提起這件事；我又怕自己說起話來含糊不清，這才擅自決定提筆寫信。倘若連您也不能幫我說服媽媽取消這門婚事，我真不知該如何是好，因為——我實在受不了他。而除了您，沒人勸得動媽媽。若您能幫我這個大忙跟媽媽說，請她叫詹姆士爵士離開，我會萬分感激的。打從一開始我就不喜歡他，我可以向您保證，這絕非突然興起的念頭；一直以來我都認為他愚蠢、魯莽，且討人厭，現在，他變得更糟了。我情願出去賺錢養活自己，也不願嫁給他。實在非常抱歉如此冒昧的寫這封信給您。我知道此舉會讓媽媽大怒，但仍得冒險一試。敬請

德寇西先生，請恕我冒昧打擾，但我想這世上只有您才能幫得了我。

大安

惶恐不安、不配打擾您的　費德莉卡・維儂謹啟

第二十二封

蘇珊・維儂夫人致強森太太

艾莉莎摯友芳鑒：

真是氣死我了！我從未如此生氣，所以非得給你寫信不可，只有你能了解我所有情緒。那個詹姆士・馬汀爵士居然在禮拜四跑來了！你可以想像我有多震驚、多生氣（你也知道，我從不希望他出現在教堂山莊園）。唉，真是太遺憾了，連你也不知道他會幹出這等事吧！光來還不打緊，居然大言不慚的說要留下來多住幾天，真想把他毒死算了！然而，我對這件事仍舊做了最圓滿的處理，且相當成功的編了個故事給我弟媳聽（不管心裡怎麼想，她終究沒反駁我的話）。

我交代費德莉卡要對詹姆士爵士謙恭些，也讓她明白她嫁定詹姆士爵士了。她說她很難過，不過，事情就是這樣了。看著她對雷吉納的愛慕與日俱增，為免夜長夢多，還是趕緊讓她嫁掉為好，難保雷吉納會不會也對她日久生情？感情的事很難說，儘管我不認為他倆之間會有什麼結果，但，還是把他們看緊一點得好。

雖說雷吉納目前對我的興趣未曾稍減，但他最近總不自覺的莫名提起費德莉卡，有一次竟還讚美她。他對詹姆士爵士的出現感到很不可思議，且初見這位不速之客還帶點若有似無的醋意打量人家，不禁讓我暗自得意；雖說詹姆士爵士對我殷勤得很，但不幸沒能讓雷吉納嫉妒得太久，因為詹姆士爵士隨即讓大家知道他已心有所屬，此行是為了費德莉卡而來。

與雷吉納獨處時，我稍花了點功夫即說服他，這樁姻緣乃經我審慎考量、顧及各方條件，實安排得合情合理。當然，他們大家也不免發現詹姆士爵士沒什麼智慧，不過我嚴正警告費德莉卡不得向她叔叔嬸嬸抱怨，因此，他們無權介入此事（我知道我那自以為聰明的弟媳，只要一逮到機會就會插上一腳）。目前，每件事都還算平靜順利；雖說巴不得詹姆士爵士早日離開，但我對目前情勢頗為滿意。

好了，你要不要猜猜，還有什麼事擾亂了我的計謀？而且是你怎麼也想不到的。雷吉納今早緊繃著一張嚴肅的臉出現在我更衣室，說了幾句開場白後，直接要我給個理由，問我為何不顧費德莉卡的心意，有失妥當的硬要把她嫁給詹姆士爵士，而此人她壓根不喜歡。我真是嚇壞了。發現他此舉並非開玩笑之後，我冷靜的請問他怎麼會這樣想，而且是誰要他來訓斥我的？於是，他擺出不合時宜的溫柔，語帶譏諷的對我說起了緣由，我只是漠然的聽著——原來，是我女兒告訴了他，有關她自己、詹姆士爵士、以及我三人之間的狀況，而他聽了之後很不安。簡言之，就是費德莉卡寫信給他，請他介入此事，於是接到信後，他便去找她談了一下這件事，釐清一些細節，並保證幫她說話。

我毫不懷疑，那女孩想必也趁機表露出了她的愛慕之情。從他提及她的神態看來，對此我確信不疑——因為人家深愛著他，他當然得替她出頭嘛！我真看不起這種男人，被愛慕自己的女孩恭維了一下，也不管自己是否看得起她或喜歡她，便暈陶陶的替她說起話來。他倆真教我憎恨個沒完。他對我根本就不是真感情，否則不會如此輕易聽信一面之詞；還有她，這個生來就是要忤逆我的女兒，就這樣帶著粗俗的情感，投進一個講不上三句話的男人懷抱裡！我恨透了她的厚顏，還有他的輕信！他竟敢相信她對我的批評！他難道就不能相信凡我所做必事出有因嗎？他對理性與善良的我那份信任到哪裡去了？只有真愛才會氣急敗壞的挺身而出、反對那個誹謗我的人，而那又是誰，可不是那個胸無點墨、毫無才情、被他鄙視至極的黃毛丫頭嗎？

我冷靜了下來，但仍得竭盡所能的克制住自己，往後希望自己務必更敏銳才行。他努力再努力的試圖平息我的憤怒，然而，若有哪個女人受到指摘侮辱，光憑兩句好聽的話就被安撫，肯定是個傻子。最後，他終於走開了，跟我一樣被深深激怒了，他甚至表現得比我還生氣呢！我算是冷靜的，他卻一副怒火中燒的模樣；希望他的怒氣能很快消散（也許他的氣憤只是一時的），而我依然怒不可遏，未曾稍減。

此時，我聽見他走了出去，將自己重重關進了房間裡。若有人見及此景，一定會說這場面還真僵呀！不過，人的感情是很難理解的。我現在還無法靜下心來去找費德莉卡。我要讓她忘不了今天所發生的事，她會發現自己對愛情的苦心經營白費了力氣，不過是讓全世界的人都看她笑話罷了，而且還惹得她母親很受傷，大動肝火。即問

刻安

你的摯友　蘇珊・維儂謹啟
寫於教堂山莊園

第二十三封

維儂太太致德寇西夫人

母親大人膝下：

女兒要向您賀喜啦！我們一直掛慮的事，眼見就要喜劇收場。這件事出現了令人欣喜的轉折，因而前景十分看好。真是抱歉，之前還將種種憂慮告訴您，讓您為此了擔憂了許久，不過，危機解除啦！女兒整個人高興得發抖，手都握不住筆了，但仍決定簡短寫封信給您，交代僕從詹斯送去，好讓您明白喜從何來——雷吉納，就要回帕克蘭茲莊園啦！

約莫半個鐘頭前，女兒與詹姆士．馬汀爵士坐在早餐室裡，雷吉納走了過來——他繃著個臉，口氣很憤怒，做姊姊的立刻看出大事不妙（一旦雷吉納想做什麼事，親愛的母親，您也知道他那副急性子）。他說：「凱薩琳，我今天要回家了。我很捨不得離開你，可是，我得走了，我實在離開父母太久了。我會立刻讓詹斯和我幾個獵人先出發，你若有信件，詹斯可以代勞。我自己則星期三或四才會到家，因為得去一趟倫敦處理些事。不過，在我離開前，」他壓低了聲音，語氣仍然含怒，「有件事你可千萬小心，別讓那個馬汀毀了費德莉卡的幸福。他想娶她，她母親樂觀其成，可是費德莉卡怕得要命；我保證以上所說句句實言。我知道那個詹姆士爵士繼續留在這兒讓費德莉卡很不舒服。她是個甜美的女孩，不該那麼歹命。馬上讓他離開吧，他不過就是個傻子，真不知道那女孩的母親在想些什麼！唉，再見了。」他真誠的伸出手來握，隨即又補充，「不知我們何時才會再見，但請記住我說的有關費德莉卡的事，讓她得到公平的對待，你責無旁貸。她是個討人喜愛的女孩，人品也很好，比我們當初所想的要好上許多。」說完便離開，逕自上樓去了。

做姊姊的不想留他，因為很了解他的感受。至於聽他說這些話時心情如何，女兒就算不說，相信您也能明白。有那麼一、兩分鐘，整個人為之震顫，內心之愉悅難以形容，得努力鎮靜下來才不至高興得大叫出聲。大約十分鐘後，回到早餐室，而蘇珊夫人也在那時走了進來。想當然爾，蘇珊夫人與雷吉納一定是吵架了，女兒由此急切的觀察她，試圖從她臉上神情得到一些印證。但她不愧是騙子女王，表現得一點事也沒有，在聊了些無關緊要的話題後，她問：「我剛才聽威爾森說德寇西先生要走了，說他今天上午就要離開教堂山莊園，是真的嗎？」女兒回答是。她笑道：「怎麼昨晚沒聽他提起呢？就連今早吃早餐時也沒聽他說呀！也許連他自己都不知道。年輕人總是很快的做出決定，然後又以更快的速度改變決定。他要是最後決定不走了，我可一點也不驚訝。」說完逕自離開了早餐室。

親愛的母親，看來我們無須擔心雷吉納眼前的計畫會生變；事已成定局，他們一定是吵架了，而且是為了費德莉卡的事而吵。蘇珊夫人的冷靜自若真教人吃驚。啊！親愛的母親，再度看到雷吉納，您將會有多開心哪！看見他仍是個值得尊重的紳士，仍讓您快樂不減！希望下一封信，女兒能告訴您詹姆士爵士已經離開教堂山，蘇珊夫人被徹底擊敗，而費德莉卡平安快樂。我們有許多事要做，而且非做不可。女兒已迫不及待想知道這令人驚訝的轉變是怎麼發生的。信末，請讓女兒像一開始那樣熱烈向您賀喜。叩請

金安

女　凱薩琳・維儂叩上

寫於教堂山莊園

第二十四封

維儂太太致德寇西夫人

母親大人膝下：

真想不到，前腳才剛愉悅不已的送出一封信給您，後腳卻得面臨幾乎要讓人窒息的陰鬱。對於寫了前一封信給您之舉，女兒真是再怎麼後悔也不夠。可是，誰又能料到事情發展至此呢？親愛的母親，兩個小時前，女兒還滿懷希望，快樂得不得了，現在，一切都落空了。蘇珊夫人和雷吉納已經和好，所有一切都回復成老樣子；只有一件不同，那就是——詹姆士・馬汀爵士被打發走了。我們現在還能有什麼指望呢？女兒我真的很失望。雷吉納已全部準備妥當（馬匹已然備妥，行李都已拿到門口，這再保險不過了吧），可是，他卻不走了；女兒原本還期盼他半個鐘頭內就會離開哪！

就在送出寫給您的前一封信後，女兒去到查爾斯房裡，跟他討論整件事，而後決定去找費德莉卡。從早餐過後一直沒看見她；在樓梯間碰到她時，她哭著說：「親愛的嬸嬸，他要走了，德寇西先生要離開了，這都是我害的。我怕您會很氣我，可是，我真沒想到事情會有這樣的結果。」做嬸嬸的回答：「好孩子，千萬別為此道歉。我倒認為無論是誰，只要能讓舍弟回家，我還得跟他致謝呢！因為，」做嬸嬸的整理了一下情緒後，說，「我知道我父親非常想見他。可是他要走，又跟你有什麼關係呢？」她雙頰緋紅的回答：「我非常不喜歡詹姆士爵士，所以終於忍不住——我知道我鑄下大錯了，您不知道一直以來我有多痛苦，媽媽還交代不准跟您或叔叔提起這件事，而——」做嬸嬸的替她把話說完：「所以你就跟舍弟說，請他介入此事。」

費德莉卡說：「不，我是寫信給他。是真的，今天天還沒亮我就起床了，那時應該還有兩個鐘頭才天亮。寫完信後，我心想自己永遠也沒勇氣把信交出去。吃完早餐、正準備回房，正好在走道上碰到他，那時我想，是生是死就在此一搏了，我逼著自己把信交給他。他人真好，立刻收下了信。我連看都不敢看他，就直接跑走了。我害怕得幾乎要喘不過氣。親愛的嬸嬸，您不知道我過得有多痛苦。」做嬸嬸的告訴她：「費德莉卡，你應該把所有憂傷和痛苦都告訴我的。你會發現我是個隨時準備好伸出援手的朋友。你難道不知道，你叔叔和我都會像舍弟那樣，願意在這件事上幫助你嗎？」費德莉卡臉上再度泛起紅暈，說：「是的，我一直覺得您人很好。只是，我以為德寇西先生可以影響我母親做任何決定。但我錯了，他們為此大吵一架，而且他就要離開了。媽媽絕對不會原諒我，我的日子會比以前更慘。」做嬸嬸的安慰她：「不，不會的。就像你母親不准你告訴我此事、但我仍知道了一樣——她無權奪走你的幸福，而且她本不該這麼做。你求助於雷吉納，其實對大家都有好處，我相信這是最好的辦法。請放心，你以後再也不需要痛苦度日了。」

就在那時，女兒簡直不敢相信自己的眼睛——雷吉納正好從蘇珊夫人的更衣室走了出來。恐懼立刻襲上我心頭。雷吉納顯然也因突然照面而有些不知所措。費德莉卡立刻溜開。做姊姊的問：「你要離開了嗎？你姊夫在他房裡。」雷吉納答：「不，凱薩琳，我不走了。我可以跟你說幾句話嗎？」於是我們姊弟倆來到了我房裡。他很不自在的說著：「我發現自己跟以前一樣急躁，完全誤解了蘇珊夫人，差點就要帶著對她的錯誤印象離開此地。這誤會可深了，我想我們全都弄錯了——費德莉卡不明白她母親的用心，蘇珊夫人完全出於好意；而由於費德莉卡跟她不太親，所以蘇珊夫人也不知該怎麼做才能讓女兒高興。況且，我也無權干預此事。費德莉卡要我出面，還真是找錯對象了。簡單的說，凱薩琳，我們把每件事都給弄擰了，不過，還好現在一切都已釐清。我相信蘇珊夫人也很希望能跟你談談此事，不知你現在有沒有空呢？」做姊姊的答道：「當然有。」但忍不住為這個編派粗糙的故事嘆了口氣。做姊姊的我，一句話也沒說，多說無益。

雷吉納心情大好的走了開去，做弟媳的則好奇想聽聽蘇珊夫人怎麼說。她笑道：「我不是告訴過您，令弟不會離開我們嗎？」做弟媳的內心沉重以答：「您確實說過。不過，我還以為您說錯了呢！」她回應：「我確實不該如此大膽預測，若非想到他之所以要走，可能跟今早所談的事有關，我也不敢這麼說。事實上，我跟他都誤解了彼此的話，導致他對談話結果很不滿意。一這麼想，我便立即打定主意不讓這偶發的爭執成為令弟怫然離你而去的原因。如果您還記得，我當時幾乎是立刻走出早餐室；心想，絕不能浪費分分秒秒，必得盡全力澄清這些誤會才行。事情是這樣的——費德莉卡極不願意與詹姆士爵士結婚。」

做弟媳的幾乎就要動怒：「您，覺得她會同意嗎？費德莉卡生得那麼聰明，而詹姆士爵士則差得遠。」她卻回答：「至少我不後悔力促過這樁婚事。話說回來，我親愛的弟媳，您如此賞識小女的天賦，我倒很感激。詹姆士爵士當然有些駑鈍，我也清楚他那孩子氣的舉止讓他看起來更糟，但倘若費德莉卡真具備我認為她該有的洞察力與能力，或說若我知道她具有這樣的條件，也就不會急著替她安排這樁婚事了。」做弟媳的我回話：「這就奇怪了，您居然渾然不知令嬡有些什麼能耐！」她也不甘示弱：「費德莉卡從來就看不起自己，她的態度總是那麼膽小、畏縮，又孩子氣，再加上她也很怕我——她那可憐的父親還活著時，她簡直是個被寵壞的孩子，所以我這為人母的必得嚴加管教才行，卻因而讓她不敢親近我；連帶的，聰明才智及心靈的活力都不見了。」做弟媳的指出：「那是她欠缺教育的關係吧！」她回答：「親愛的弟媳，天曉得這點我有多在意，每思及此，就難過得想咒詛自己。」講到這裡，蘇珊夫人裝出一副快哭的樣子，女兒我還真想轉頭就走。

但做弟媳的把話題拉了回來：「但，您不是要告訴我，您與舍弟為何起爭執嗎？」她回答：「是因小女所做之事。正如我先前所提，欠缺判斷力、再加上很怕我，她於是給德寇西先生寫了封信。」做弟媳的插話了：「這我知道，您一直不准她向查爾斯或我傾訴憂慮，除了求助舍弟，她還能怎麼辦？」她驚呼：「天哪！您把我看成什麼樣的人了，難道您以為我不關心她的幸福！再怎麼樣，我也不會讓小女生活在不幸之中，怎麼可能不准她向您訴說心中的愁苦，只為了擔心您中斷我所謀畫的一樁惡毒陰謀？您以為我心懷詭詐、鐵石心腸嗎？她的幸福是我此生最重要的職責，我怎麼可能讓她這一生過得痛苦呢？這種想法太恐怖了！」

做弟媳的不解了：「那，您又為何堅持要她保持沉默呢？」她繼續說明：「親愛的弟媳，我到底該如何解釋此事才能讓您滿意呢？我為什麼要嚴禁一件自己從不曾察覺的事呢？對您、對她，甚至對我來說，這全是不必要的。其實，一旦我做出了決定，就希望不受干擾，無論身旁的人用意有多良善都一樣。真的，我的確犯了錯，只是我確信自己的原意是對的。」做弟媳的又問：「那您又何須頻頻暗示此事是您的錯呢？您何以如此不懂令嬡的感受呢？您不知道她不喜歡詹姆士爵士嗎？」她回答：「我知道，他不是她喜歡的類型。但我認為，她之所以不喜歡他，並非因為看到他的缺點。關於這一點，親愛的弟媳，就請您別打再破砂鍋問到底了。」她繼續說著，還親熱無比的拉著她弟媳的手，「我說，有些事還是有所保留較為妥當。費德莉卡弄得我很不開心，尤其是她去找德寇西先生，這一點最讓我難過。」

做弟媳的火氣上來了：「您這麼故弄玄虛的，是想暗示些什麼呢？您該不會以為令嬡是愛上了舍弟，才討厭詹姆士爵士的吧？難道她不是因詹姆士爵士很愚蠢而討厭他嗎？若然如此，您又為何與舍弟起爭執？是因為這件事並非他的意思，而是受了費德莉卡之託？」她接招：「您也知道，他的個性熱情而衝動，居然跑來跟我抗議，為了所謂受苦被虐的女主角而暴跳如雷！我們誤會彼此了，他以為我真做了什麼該受譴責的事，而我則誤會他無的放矢，毫無理由的干預此事，現在想想，真錯怪他了。我們都太衝動，因此，也就互相指責。在那種情況下，他想離開教堂山莊園也是極為自然的。一旦我明白了他的意圖，並省悟到也許我們都誤解了彼此之後，便當機立斷，趁一切還來得及時，把事情解釋清楚。您的每位家人我都懷有很深的感情，倘若德寇西先生就此負氣離開，會讓我很受傷。現在我只再說一句，我深信，費德莉卡討厭詹姆士爵士自有其道理，我會即刻告訴詹姆士爵士，他必須放棄對她的希望。儘管此次風暴於我個人相當無辜，但內心實在自責居然讓費德莉卡如此不快樂。我將盡一切力量補償她。而如果她像我一樣珍視自己的幸福，如果她擁有讓自己行為得宜的明智判斷力，此刻的她，應該是平靜而寬心的。抱歉了，我親愛的弟媳，占用您寶貴的時間，不過，這事關我的名譽，相信經過這樣的解釋，我已無需再擔心您會誤解我。」

做弟媳的原本想對她說：「這可不見得！」但最後，僅不發一語的走了開去，這真是女兒

雷吉納這下又不離開了，因為他已跟蘇珊夫人重修舊好；母親大人，女兒對此真的好失望。

的忍耐極限了，若真開了口，只怕到時會控制不住自己。她的保證！她的信譽！我才不信她那一套，真是徹頭徹尾的謊話連篇。女兒內心難過不已，但一恢復鎮定便立刻走到客廳。

詹姆士爵士的馬車已在門口等著，他仍一派樂天，不久便告辭走了。對蘇珊夫人而言，掌控愛人是件多麼容易的事啊！簡直就是召之即來，揮之即去。而費德莉卡雖鬆了口氣，看起來卻仍然很不開心，彷彿還在擔憂些什麼——也許是她母親的憤怒，或害怕雷吉納的離去，也可能是對他的繼續留下摻雜了些許嫉妒。看看她是何等關注，看著自己母親與雷吉納的互動，可憐的女孩，她現在沒希望了，她心儀的對象不可能回頭了。雷吉納如今對她的看法大不同於以往，對她也還不錯，但他卻與蘇珊夫人重修舊好，使得她的憧憬沒了進一步想像。親愛的母親，您心裡得有最壞的打算，雷吉納娶蘇珊夫人為妻的可能性大幅提升——他比以前更黏她了。萬一事情真如我們所想，那麼女兒一定會把費德莉卡帶在身邊。真遺憾在前一封信之後，得給您寄上這封信，讓您在高興歡喜後不久得承受如此失望的結果。叩請

金安

女　凱薩琳・維儂叩上

寫於教堂山莊園

第二十五封

蘇珊・維儂夫人致強森太太

艾莉莎吾友芳鑒：

我要親自上門讓你恭喜我了——我，又回到那個帶著勝利之姿的愉快模樣了！那天給你寫信時，我真感到腹背受敵、火冒三丈；但說真的，我也不確定此時是否已能高枕無憂，畢竟仍有許多瑕疵尚待掩飾——況且還有個自以為高尚的靈魂待馴服，那傢伙的失禮無人能比！我跟你保證，我絕不輕饒他。他還差點離開教堂山莊園呢！

當威爾森告訴我，那傢伙準備離開時，我還有些摸不著頭緒。所幸，我當機立斷，無論什麼死馬都當活馬醫，我可不想把名聲交在一個對我氣憤有加、又充滿報復心的年輕人手裡。要是真讓他就這麼走了，對我的惡劣印象豈不也跟著他到處旅行各地，屆時，所有人可都要把我給罵翻了；一想及此，就算卑躬屈膝也得去做。我打發威爾森去告訴他，走之前我想見他一面——他立刻就過來了。先前因爭執而顯得面紅耳赤的他，此刻已略為收斂，對於我找他來，似乎有些驚訝，而且一副半期待、半害怕我會說服他的模樣。我則神情沉著、嚴肅以對，別無其他，不過還是帶著一抹愁緒，這樣或多或少可讓他相信我心情不好。

我說：「非常抱歉，先生，冒昧請您前來，剛才得知您打算今天離開此地，我深自反省，希望您不是因為我才做出這個決定——哪怕您只是提早一個小時離開，我都會深覺罪過。我也很清楚發生過今早的爭執後，你我似乎都失去了繼續待在同一屋簷下的心情，畢竟原本互動密切的關係突然有了大轉變，往後相見不免尷尬，這真是對你我情誼最嚴厲的懲罰；是以，您決定離開教堂山，無疑是顧慮彼此處境與審慎思考的結果。只是，話說回來，做出這等犧牲的人卻不是我，您可是即將離開摯愛至親的家人哪，這就是我的罪過了。我留下來，無法像您那樣讓令姊高興，況且我待在這兒的時日似乎略長了些。因此，是我該走的時候了，倘若可以，近日內應可成行；因此，特請求您，別讓我成為您與家人之間的絆腳石，阻隔了你們一家人的親情。沒有人會在意我將何去何從，我自己也不知該往哪兒去；但您不同，您是備受親戚朋友關愛、在他們心中舉足輕重的人。」

說完了。怎麼樣？對我的說話技巧還滿意嗎？這話說中了雷吉納的虛榮心，果不其然，他聽完後成效立見。哈！看著他聽我說話時臉上的各種表情變化，真夠有趣的！光看他在那兒自我掙扎，要生氣不生氣的、想擠出笑臉又擠不出笑臉的，還真有意思。他是個性情純真的傢伙，很容易被說服；我挺羡慕他的，換作是我，怎麼說，我也不信；然而，這樣的性情也未免太容易被操弄了。眼前這個雷吉納，只消我幾句話，馬上就服服貼貼，而且還比以前更溫順、更黏我、更忠實。但我又不禁想，他一開始帶著大義凜然的驕傲，不問青紅皂白的就來質問我，對我沒有一絲信任，還真讓我一想起便怒火中燒。雖說他目前謙遜得很，但我還是沒法原諒他狂傲的行徑，我仍然猶疑和好之後是否該讓他一旁涼快去，還是該嫁給他，一輩子逗弄他。然而，無論採取哪種作法，一切都馬虎不得，得從長計議才行。

此刻，我腦中正盤算著幾樁良謀，有好些事要籌畫——我得懲罰費德莉卡，而且得嚴厲些才行，誰叫她向雷吉納告狀！至於雷吉納，竟敢愉快的收下她的信，還跑來對我大小聲，不給他點顏色瞧瞧怎麼行？還有我那弟媳，自從詹姆士・馬汀爵士離開後，一直擺出傲慢的勝利者姿態，我也得讓她嘗嘗苦頭才行。唉！為了把雷吉納拉回來，只好要那倒楣的詹姆士爵士離開，我一定得好好補償自己過去這幾天卑躬屈膝的辛苦，是以，心中已擬定了幾個方案。還有，我也想盡快進城裡去，無論有何打算或備胎計畫，「那件事」我非做不可；因為看來看去，無論如何，倫敦終究才是最佳表演舞臺，有著最適合採取行動的場所；況且，不管怎麼說，你我都得見上一面，有你陪著，再好好的小揮霍一下，作為我在教堂山莊園兩個半月來辛苦生活的報償。

費德莉卡與詹姆士爵士的婚事拖了這麼久，依我的個性簡直快按捺不住。這件事，你看法如何，盡可以與我計議一下。你也知道我這個人，從不三心二意，也不太把旁人的偏見放心上；當然，更不可能任由費德莉卡不顧自己母親的想法，恣意放縱起行為舉止來。而她對雷吉納蠢蠢的愛也是！一棒打醒她這浪漫的蠢夢，是我刻不容緩的職責。思前想後，只好義不容辭的把她帶進城去，叫她即刻嫁給詹姆士爵士。然而，雷吉納不會同意我這麼做的，在這點上，我知道得和他取得共識才能和睦相處，但目前卻做不到——他之所以仍在我掌控下，是因為我放棄繼續和他爭執那件事，況且我也無法確定自己在那次爭執中是否占了上風？

親愛的艾莉莎，你怎麼看待這些事？寫信跟我說吧！對了，你能否在你家附近幫我找個合適的住處呢？即問

刻安

你的摯友　蘇珊・維儂謹啟

寫於教堂山莊園

第二十六封

強森太太致蘇珊・維儂夫人

來信知悉，以下是我的建議——你獨個兒進城即可，別再浪費時間，就讓費德莉卡留在原地，別帶她來。好好籌畫一下，為自己的幸福打算，把你自己嫁給德寇西先生，好過因撮合費德莉卡與詹姆士爵士而得罪他們一家人。你應該多為自己打算，少為女兒著想。她那種個性對你有損無益，況且她與維儂一家處得還滿愉快的，就讓她待在那適合她的教堂山莊園吧！然而，在上流社會中長袖善舞，才是你的長項，倘若不發揮所長，不就太可惜了嗎？是以，就讓費德莉卡留在那兒，當作是替你製造出一堆災難的懲罰，她越是沉湎於浪漫情懷的想像，後果保證越可憐，你還是儘快到倫敦來吧！

我如此催促你，其實還有另一個原因——曼華林上禮拜進城來了，儘管對強森先生有所顧忌，他還是想辦法見到了我。他想你想得緊，而且對德寇西嫉妒得很，我看，現階段得避免讓他們兩人碰面才行。還有，如果你不答應讓他在這兒與你見個面，我可不敢擔保他不會做出什麼魯莽之舉，像是直接奔去教堂山莊園之類的，那就太可怕了!況且，你要是聽我的勸，嫁給德寇西，曼華林也就不得不知難而退，不會再煩你；只有你，才能讓他乖乖回老婆身邊。

此外，我還有個動機要你來——強森先生下禮拜二要離開倫敦，為了身體健康因素，他得到巴斯去。我衷心企盼那兒的水有益改善他的體質，若然如此，他就會在那兒待上幾個禮拜以治療痛風。他不在時，我們就可聚在一起，盡情玩樂。儘管他曾硬要我起誓，說不再邀你到我們家來，但我還是會請你過來愛德華街的；若非我缺錢，才不可能讓他逼著這麼做。無論如何，我還是可以在上西摩街替你找個挺好的小公寓，如此一來，我們就可以一起待在那兒或這兒了。至於強森先生要我起誓的內容，我的理解是，頂多在他離家時，不讓你在此過夜。

可憐的曼華林先生，拉拉雜雜跟我說了一堆他老婆的嫉妒心有多恐怖云云爾。那個蠢女人怎麼可能讓這麼一個美男子愛她一輩子。不過，她向來就是個蠢貨（最蠢的，莫過於跟曼華林結婚）；她有那麼多財產可繼承，他可是一毛錢也沒有，只空有頭銜，又有什麼用，她了不起就是個從男爵夫人罷了。她當初非要嫁給曼華林，當真蠢得無可救藥；雖說強森先生是她的監護人，我可一點都不想管她，我永遠也沒法原諒她。即請

大安

你的摯友　艾莉莎謹啟

寫於倫敦・愛德華街

第二十七封

維儂太太致德寇西夫人

母親大人膝下：

這封信將交由雷吉納帶給您。他在這兒的長假終於要告一段落，不過，女兒擔心他拖到現在才走（即便離開了蘇珊夫人），怕也不會對我們有任何好處了。

是的，蘇珊夫人也要離開，她即將前往倫敦探望密友強森太太。她本打算帶費德莉卡一塊兒去，說是要去倫敦見見大人物、長長見識，後來因我們強烈反對，只好作罷。費德莉卡光想到要去就嚇出一身冷汗，女兒也不放心讓她跟著蘇珊夫人；倫敦的大人物再多，也敵不過她對此行的害怕。她的健康狀況令人擔心（其實除了她的天性，無一不教人擔心），相信母親或母親的友人不至於傷害她，但還是得跟那些朋友混在一起（相信他們絕對堪稱狐群狗黨），不然就是一個人被孤零零的拋在家裡，也不知道哪種情況比較慘。更何況，她如果跟著母親，唉，可是有十足的機會碰上雷吉納，那可是再悲慘不過。在這兒，我們可以好整以暇安心度日，盡可能有些平常的娛樂，看看書、聊聊天，和孩子一塊兒活動，女兒我將盡可能帶給她家庭的溫暖，相信能讓她慢慢走出失戀傷痛。

她自己的母親，肯定是全世界最瞧不起她的女人了。至於她母親要在倫敦待多久、會不會再回教堂山莊園，這些全都不清楚。她若想重回教堂山，女兒我將冷漠以對，讓她知難而退。一發現蘇珊夫人要去倫敦時，女兒便忍不住問了雷吉納今年會不會到倫敦過冬；儘管他聲稱此時問這件事還嫌太早，但就他說話的神情與聲音來看，頗有口是心非之嫌。女兒已決定不再嘆息，事已至此，不看開點也不行。倘若他回家後，很快便離開您去了倫敦，那麼一切就不辯自明了。叩請

金安

女　凱薩琳・維儂叩上

寫於教堂山莊園

第二十八封

強森太太致蘇珊·維儂夫人

蘇珊摯友芳鑒：

我很失望的提筆寫這封信，適才發生了最不幸的事件——強森先生剛給了我們最致命的一擊。我想，他一定從某人或某處聽說了你即將進城的消息，接著他的痛風便立刻發作，痛得沒法動，只好暫緩到巴斯的計畫。我相信那痛風是隨他高興而發作的——當初我打算和漢米頓一家到湖區去玩時，他的痛風也是說來就來；然而，三年前，當我很想到巴斯一遊時，他的痛風卻連一點症狀也沒有。

我很高興你聽了我的勸，德寇西先生肯定是你的了。請你一到倫敦就捎信給我，還有，請詳細告訴我，關於曼華林先生的事你打算怎麼做。我沒法告訴你何時才有辦法去看你，這會兒要出門，可真是難上加難。

他的痛風為什麼要在這裡發作，而不到巴斯發作呢？真討厭！我什麼事都沒辦法做了。倘若在巴斯，他的老姑媽還可以照料他，在這兒一切都得靠我；看他努力忍受著痛風之苦，害我都不好意思隨便發脾氣了。即請

大安

你的好友　艾莉莎謹啟

寫於倫敦・愛德華街

第二十九封

蘇珊・維儂夫人致強森太太

艾莉莎吾友芳鑒：

無須痛風這最後一根稻草來壓垮我對強森先生的印象，我早就對他厭惡已極，只不過，現在可說對他厭惡得無以復加！居然要你待在公寓裡當他的看護！親愛的艾莉莎，你怎麼會犯這種錯去嫁給那個年紀的男人！老到夠呆板，老得難以掌控，現在還多了個痛風；要他討人喜歡嫌太老，要他去死又嫌太早。我是昨天五點左右到的，晚餐還來不及消化，曼華林就出現了。

我並不想隱藏，與他再度相見的喜悅有多難形容，或他那迥異於雷吉納的言行舉止讓我感受有多強烈。足足一、兩個鐘頭之久，我甚至認真的想著要不要乾脆嫁給他好了；儘管這樣的想法太徒勞、太荒謬，無法在我心中久留，卻也因此讓我既不想太快決定究竟該情歸何處，也不太期盼與雷吉納約好在城裡碰面的事了——我該找個藉口什麼的，讓他別那麼快進城才是。

曼華林離開前，一定不能讓他來。

對於和雷吉納結婚，我有時仍頗感躊躇；如若他老頭兒不久將要人世，我或許不會那麼猶豫不決，可是德寇西爵士的健康狀況實難以捉摸，他的死生牽繫著我的幸福，教我如何輕鬆快樂得起來？若我下定決心等到他老人家歸西，以我目前才新寡不到十個月的處境將會是最佳藉口。對於我的盤算，我一點口風都沒露給曼華林；對於我和雷吉納之間，也僅讓他以為只是最普通的男女調情罷了；那曼華林聽了我的解釋，也就平靜了下來。我的摯友，期盼早日相逢，對於我的住處，我甚感滿意。即問

刻安

你的好友　蘇珊・維儂謹啟

寫於倫敦・上西摩街

第三十封

蘇珊．維儂夫人致德寇西先生

我收到您的信了，得知您迫不及待想見我，自是難掩心中喜悅，但我仍覺得應該把預定見面的時間往後延。在聽我接下來的解釋前，莫要覺得我冷酷，或指摘我善變。

從教堂山莊園到倫敦這一路上，我充分思考了我倆目前的景況，仔細回想每個環節，在在使我確定，當初我們在教堂山，行為確實有欠審慎之嫌。在感情的作用下，我倆關係的進展快到一種讓周遭朋友或世上的人都認為魯莽的地步。對這段迅速發展的戀情，我倆一直以為理所當然，由此忽略了您深愛的至親好友可能提出的質疑與反感；及至現在，幾經仔細思量，我深覺此事後續發展務必謹慎為上。我們不能怪令尊以利益觀點考量您的結婚對象；像你們這樣豐厚富裕的人家，想藉由聯姻擴張家業版圖自是無可厚非，雖不能說合情合理，卻也不至引起怨懟。他當然有權要求您娶嫁奩可觀的女子為妻，有時我也忍不住責罵自己，是我拖累了您，但人總是後知後覺才變得理性起來。

我新寡不過數月，無論過去那段婚姻幸或不幸，我對先夫仍記憶猶新，倘若這麼快就開展第二段婚姻，世人肯定會賞我難聽的罵名，我小叔也可能由此心生不快，這教我情何以堪？對於世人不公平的責備，我或許還能硬起心腸不理，但失去小叔原本對我的敬重，您也明白，這於我實無法忍受；再仔細想想，這也可能對您與家人造成傷害，這教我怎麼說服得了自己呢？只要設身處地為令尊令堂著想一下，便能感同身受愛子被奪走的深刻傷痛，而即便與您在一起，還是會讓我難過不已。因此，我們非得延後重逢的時間不可，延到情況對我們較有利時，延到時局好轉時。

為堅定我倆的決心，我以為暫時別見面為好，且必得這麼做才行。這話聽似殘忍，卻非說不可，相信您只要仔細思考我設想的那些緣由，一定能明白。考量過我倆背負的責任，才做下此番痛苦決定，您或許，不，您一定得相信我有多忍辱負重，萬望勿怪罪於我。為此，我得再說一次，我們絕絕對對不能見面。分別數月，或許能平息令姊為自己弟弟憂心忡忡的恐懼；畢竟，一向習於富裕享受的她，自然認為財富是一切生活的基礎，我倆之間的感情任她如何也難以了解。

盡快回信給我，記得要快。讓我知道你願照我的話去做，且不會責怪於我。沉重的責怪之情教我怎能承受（我並非趾高氣揚，因此無須以責怪挫折我的驕氣），我得努力讓自己快活起

來，幸好城裡有許多朋友可以找，尤其是曼華林夫婦，您知道這對夫妻與我有多親近。敬請
大安

蘇珊・維儂謹啟
寫於倫敦・上西摩街

第三十一封

蘇珊・維儂夫人致強森太太

艾莉莎吾友芳鑒：

雷吉納那折磨人的傢伙來啦！我去信要他在鄉下多待些時日，沒想到反而把他給催來了。儘管希望他別出現，但他這麼黏我還是讓人感到高興。他簡直整顆心、整副靈魂都效忠於我了。這封信將交由他親自帶給你，就當是介紹信吧！

他一直很想結識你，請你整個晚上都絆住他，這樣我就不必擔心他有突然返回的危險。我已告訴他，身體微恙，需要時間獨處，萬一他臨時想回來，會對我造成諸多不便，且也不確定僕人能否隨招隨到；因此，懇求你留住他，讓他待在愛德華街。

你會發現他還滿好相處的，而且我准許你隨心所欲的與他調情。同時，別忘了我真正的用意，務必使出渾身解數讓他相信，如果他繼續待在這兒會讓我很痛苦，你知道我意有所指——

得顧全大局可不是？我自己當然也會盡量謹慎，唉，真巴不得他快點離開，因為曼華林半個小時內就要到了。再敘！即問

刻安

蘇珊・維儂謹啟

寫於倫敦・上西摩街

第三十二封

強森太太致蘇珊・維儂夫人

蘇珊摯友芳鑒：

這下可慘了，真不知該如何是好。德寇西先生來的真不是時候；他前腳剛到，曼華林太太後腳就進門了，且自顧自的去找她的監護人、我家強森先生，這些我全都事後才知道（她和德寇西登門拜訪時，我正好不在家，否則再怎麼樣也得打發他到別處去）。而當德寇西在客廳等我回來時，曼華林太太已先和強森先生來了場閉門會議。她是昨天到的，為了追丈夫而來，不過，你也許已從她丈夫那裡得知此消息。她來我們家，是為了求我家強森先生介入此事，並在我了解整件事來龍去脈之前，德寇西已得知所有我們不想讓他知道的事了。

此外，她也從僕人那兒套出了話，證實自從你來倫敦後，曼華林每天都去你那兒，而且她也親眼看見曼華林走進你的住處！我還能怎麼辦哪！事實就是這麼可怕！這會兒，德寇西已經什麼都知道了，他現在正跟強森先生獨處。請不要怪我，真的，這種事防不勝防。強森先生曾經懷疑德寇西是否打算娶你，因此一發現他正好來了，便迫不及待找他單獨談話。那個煩死人的曼華林太太（也許這麼稱呼她會讓你好過些）也還在這兒，出於種種焦慮與煩憂，她比以前更瘦更醜了；此刻，他們三人已聚在一塊兒關室密談。我們還能怎麼辦呢？真希望曼華林可以氣死他老婆。即請

大安

你擔心得不得了的摯友　艾莉莎謹啟

寫於倫敦・愛德華街

第三十三封

蘇珊・維儂夫人致強森太太

這事兒聽起來還真讓人生氣。你當時竟不在家，太倒楣了，我還以為你七點左右一定會在！話雖如此，我倒不怎麼沮喪。別再為我的事煩心了，請放心，我可以說服雷吉納聽我的。

曼華林剛走，他說他老婆已經來了。那個蠢女人，玩這種把戲到底是想怎樣？她還是乖乖待在蘭福德莊園為妙！至於雷吉納，他一開始會有點生氣，不過明天晚餐之前一切就會平靜無波了。再敘！即問

刻安

蘇珊・維儂謹啟

寫於倫敦・上西摩街

第三十四封

德寇西先生致蘇珊・維儂夫人

我寫信來說「再見」，僅此而已；魔咒已然移除，我看清你是什麼樣的人了。昨天離開你之後，我從最可靠的消息來源那兒得知了你一切作為，很痛心自己一直都在相信你的謊言，是以我必得立刻、永遠的離開你。我這話什麼意思，你應該再清楚不過。

蘭福德！蘭福德！光這個字眼就夠了。我在強森先生家聽說了一切，而且是曼華林太太親口所言。你知道我有多愛你，你一定很了解我此刻的感受，只是我還不至於沒用到跟一個以玩弄別人感情為樂的女人，詳述自己內心的轉折。

雷吉納・德寇西

寫於旅館

第三十五封

蘇珊・維儂夫人致德寇西先生

我就不試著描述此刻接到你這封短信內心有多震顫了！我實在想像不出曼華林太太究竟跟你說了些什麼，導致你的感情如此極端的轉變。我不是把讓人存疑的每件事都跟你解釋過了嗎？不是跟你說這性本惡的世界老愛詆毀我嗎？你到底聽說了些什麼，變得這麼不尊重我？我對你可曾有任何隱而不說的事？雷吉納，你真的讓我大為光火；沒想到曼華林太太再次把我抬出來炒炒冷飯，還能收煙熏火燎之效。哈，竟然還有人想聽呢！

馬上到我這兒來，把這讓人無可理解的一切都說給我聽。光蘭福德一個字怎麼說得清呢？多來點訊息吧！倘若我們真要分手，那也只是你一人在那兒揮揮衣袖，不帶走一片雲彩——我可無心說笑，事實上，我認真得很；不過一個小時左右，我在你心中的地位就從雲端跌到谷底，這教我如何是好。我數著分分秒秒等你來。

蘇珊・維儂

寫於倫敦・上西摩街

第三十六封

德寇西先生致蘇珊・維儂夫人

你為何寫信給我？你還要多點什麼訊息？不過，既然你都這麼說了，我也就恭敬不如從命，把你想聽的告訴你。自尊夫維儂先生過世後，有關你言行失當的傳聞甚囂塵上，而大部分人也認為所言不虛。在見到你之前，我也完全相信這些話，但之後，實在不得不佩服你顛倒是非的功力，讓人聽信於你，而駁斥先前的看法；只是，現在一切都已水落石出，無須贅述。

此外，原來你跟那人的關係早已存在，且仍將持續下去，這事我之前想都沒想過，如今卻深信不疑；那個家對你如此熱誠相待，你卻以鬧得他們雞犬不寧作為回報。打從離開蘭福德後，你便持續和他書信往來；和你通信的人並非他的妻子而是他，而現在，他每天都到你的住所去。你能，或你敢否認嗎？於此同時，你居然還鼓勵我與你交往！真慶幸躲過此劫！真感謝上蒼！否則我可要終身悔恨，抱怨個沒完了。

我的愚蠢陷我於險境，幸好及時發現，及時回頭；但不幸的曼華林太太說起往事似乎仍氣憤難平，她又如何得到安慰！事情真相已昭然若揭，無論你再怎麼粉飾太平，我都決心與你道再見。我總算清醒過來了，真痛恨自己一直被狡辯欺騙所玩弄，也鄙視那個讓謊言不斷壯大的軟弱自我。

雷吉納・德寇西
寫於旅館

第三十七封

蘇珊・維儂夫人致德寇西先生

我滿意了，待寄出這幾行字之後便再也不打擾你。兩個禮拜前，你興沖沖的訂下重逢約定，現在你卻看不上眼了。我真為你高興，令尊令堂給予你的審慎忠告，算是奏效了。你讓一切歸於平靜，我確信這是你急於展現孝心之舉，真慶幸我不會因此而難過。

蘇珊・維儂

寫於倫敦・上西摩街

據說曼華林小姐發下豪語，要再次擄獲詹姆士・馬汀爵士的心。強森太太建議蘇珊夫人先下手為強，早日拿下這位有錢的呆蠢爵士。

第三十八封

強森太太致蘇珊・維儂夫人

你和德寇西先生決裂之事雖說不怎麼讓我驚訝，但卻扼腕不已。他剛寫信過來告訴強森先生此事，還說今天就要離開倫敦。我向你保證，你所有情緒我都感同身受。但我得跟你說件事——今後，我們無法再往來了，連通信都沒辦法，還請不要怨我。不能跟你聯絡我會很難過的，可是強森先生發了狠，說我如果執意這麼做，他就要搬到鄉下度此殘生，你也知道，在沒法選擇的情況下，我只好照他的話做。

你想必也聽說了曼華林夫婦要分開的事，我好擔心曼華林太太又會回來找我們；不過，她還是很愛自己丈夫，且持續為他心煩，因此就算她回我家住應該也住不久。曼華林小姐剛剛進城來了，現在和她嬸嬸在一起。據說曼華林小姐發下豪語，要在離開倫敦前擄獲詹姆士・馬汀爵士的心。如果我是你，就自己對他出手了。

差點忘了說我對德寇西先生的評價——他給我的印象很好，長得很俊俏，和曼華林不相上下，而且一臉爽朗的樣子，讓人忍不住一見就喜歡上他。強森先生和他現在是最要好的朋友了。

我最親愛的蘇珊，再見了，要是事情的結果別如此出人意表就好了。那趟不幸的蘭福德之旅！我確信你已盡力了，無奈天命難違。即請

大安

你的摯友　艾莉莎謹啟

寫於倫敦·愛德華街

第三十九封

蘇珊・維儂夫人致強森太太

艾莉莎吾友芳鑒：

我們終須分道揚鑣——這我也只能接受了，而且這是你無從選擇的。儘管如此，我們的友誼絕不會受影響，等到將來你和我一樣，無拘無束得以享受自由時，便能再聚首，且這份情誼將永遠歷久彌新。為此，我只好耐著性子等下去了。請別擔心也無須懷疑，此刻的我再輕鬆不過，對自己及周遭的一切滿意得很。我厭惡你丈夫、鄙視雷吉納，而且讓我高興的是，我再也不會看到他們之中的誰了。這還不夠我高興嗎？

曼華林對我比以前更傾心，倘若我倆都是自由身，一旦他向我求婚，真不知道除了「好」之外，我還能說些什麼。要是他老婆住在你們家，你可以加油添醋一下，也許可加速促成這事兒也說不定。她那容易激動的情緒，一直磨耗著她的身體，也讓她容易動怒。你就看在我們友情的分上，幫我氣死她好了。

而即便嫁不成雷吉納，我對自己也很滿意；同樣的，費德莉卡也別想嫁給他。明天我就要把她從教堂山莊園抓來，讓瑪莉亞・曼華林鎩羽而歸。費德莉卡要踏出維儂家大門只有一條路，那就是——嫁給詹姆士・馬汀爵士，也許她會嗚咽哭泣，也許我小叔弟媳會氣得跳腳，可是我才不管他們呢！我已厭倦壓抑自己去配合世人的反覆無常了，何必為了那些不討喜、又沒必要對他們負責的人，委屈自己呢？我已放棄太多、太容易被說服了，從現在起，我這個媽媽會很不一樣，會讓費德莉卡很有感。再見了，我最親愛的朋友，希望下一波的痛風攻擊將帶來更令人高興的結果，希望你永遠都視我如最親密的好友。即問

刻安

蘇珊・維儂謹啟

寫於倫敦・上西摩街

第四十封

德寇西夫人致維儂太太

女兒如晤：

有個很令人高興的消息要告訴你——雷吉納回來了（要是我今早沒寄那封信就好了，你就犯不著因得知他去倫敦而生氣）。雷吉納回到家後，不僅沒要我們答應他娶蘇珊夫人，反倒說他倆決裂了。他才剛到家一個鐘頭左右，我還沒能得知詳細情形，因為他心情很低落，做母親的也不想再多問些什麼，不過，我希望我們很快就可以得知一切。

他回到家的這個鐘頭，是他有生以來所帶給我們最快樂的時光。要是你在這兒，一切就完美無缺了，衷心企盼你很快能來看我們。早在好幾個星期前，我們就一直盼著你回來（希望這不會為查爾斯造成不便），還有，千萬得把我的孫子帶回來才行；當然，連你那位可愛的姪女也要一起同行，為母的一直都想見見她。

試想，雷吉納不在家、你教堂山莊園那邊也沒人來，整個冬天感覺悲涼而沉重。我以前從未發現冬天竟如此陰鬱，不過，這次的愉快聚首肯定能讓我們又變得年輕。我經常想到費德莉卡這個女孩，一旦雷吉納恢復他爽朗的性格（我相信很快就會回復正常），我們就可試著再度點燃他心中愛的火苗，為母的非常希望不久的將來可見到他倆攜手同行。順問

近祺

母示

寫於帕克蘭茲莊園

第四十一封

維儂太太致德寇西夫人

母親大人膝下：

您的來信讓人驚訝得筆墨無法形容！他們真的可能分手嗎？而且是決裂？倘若這是真的，那女兒我可要樂昏頭了，畢竟，這樣才能讓人有安寧的日子可過。

雷吉納當真已經回家？這更讓人驚訝了，因為就在雷吉納星期三回帕克蘭茲莊園那天，最不受歡迎的不速之客蘇珊夫人出現在教堂山，她看起來容光煥發、神采飛揚，彷彿倫敦之行的結果已確定要嫁給他，而非決裂。她待了近兩個鐘頭，深情款款、討人喜歡，完全感覺不到他倆之間有何衝突或感情轉淡，連一絲絲不愉快的暗示也無。女兒問她在倫敦是否見到了雷吉納，她立刻臉不紅氣不喘的說（您千萬別以為她是否吐實只消看表情就知道），雷吉納非常周到的在星期一便去看望她，但她相信雷吉納應該已先回帕克蘭茲了（本來我還很不相信）。

至於您的盛情邀約，我們就此愉快的答應下來了，下星期四我們就要帶著孩子回去看望您，希望到時候雷吉納別又去了倫敦才好！女兒真的很想帶費德莉卡一塊兒去，不過很遺憾的，她母親那天正是特地來把她帶走；儘管她嚇得要命，我們卻也無法留住她。女兒並不想讓她走，她叔叔也是，能說的我們都說了，可是蘇珊夫人堅稱自己要在倫敦待上好幾個月，若沒把女兒帶在身邊讓她見見世面，再怎麼樣都不會安心的。說實在的，蘇珊夫人表現得既仁慈又懇切，讓查爾斯也相信費德莉卡將要有好日子過了，願女兒我也能這麼想。那可憐的女孩走出我們家時，心都快碎了。女兒囑咐她常寫信來，並要她記得無論碰到什麼困難痛苦，我們永遠都是她的朋友。女兒特地把她找到一旁說了這些話，希望讓她心情好些；不過，除非親自到倫敦看看她的狀況，否則很難讓人安心。女兒希望您信上所提的美好良緣來日可望成真，但就眼下情形看來，似乎不太可能了。叩請

金安

女　凱薩琳・維儂叩上

寫於教堂山莊園

尾聲

這道盡人與人之間分分合合的魚雁往返，也許對郵局的歲收助益良多，卻終究還是要結束。但維儂太太與姪女之間的書信往來，對國家財政的幫忙十分有限就是了——維儂太太很快便發現，費德莉卡的來信總寫得千篇一律，這才得知蘇珊夫人監看著她們的通信！是以她們盡量減少通信，也不在信上談重要細節，待維儂太太人有機會到倫敦再當面聊。

與此同時，維儂太太也從率直的弟弟那兒，得知他與蘇珊夫人之間發生的所有事情，雷吉納為此心情相當低落，比維儂太太原先所想的還慘，她因此更急著想把費德莉卡從那種母親身邊帶出來，由自己來照顧她。儘管明知成功機率不大，維儂太太依然決定使出一切可能的辦法，要蘇珊夫人同意把費德莉卡交給她。出於對費德莉卡的擔心，維儂太太很想盡早前往倫敦；而平常絕不輕易更動行程的維儂先生，很快便發現自己得到倫敦出一趟公差。

帶著滿腹心事的維儂太太，抵達倫敦後不久隨即前往拜訪蘇珊夫人。面對蘇珊夫人過分親切的熱情，讓她有種招架不住、拔腿想逃的衝動。蘇珊夫人已將雷吉納全然忘到九霄雲外，絲毫不覺自己做錯了什麼，面上毫無一絲困窘神色。她神采奕奕，迫不急待想讓小叔弟媳知道，她有多敬重他們，有多高興他們來看望她。費德莉卡沒什麼改變，拘謹如常，且如同過去，只要母親在場，總一臉靦腆；這些都讓維儂太太明白，費德莉卡在這裡過得並不好，也更讓她下定決心非替費德莉卡換個環境不可。

可是蘇珊夫人看起來是那麼慈藹，她不再提詹姆士・馬汀爵士的事，偶爾提到，也僅說他人不在倫敦便一語帶過；說真的，整個談話過程裡，她不斷說費德莉卡的幸福與成長是她最關心的，還說費德莉卡越大越懂事，讓她這個做母親的很是欣慰。這番話讓維儂太太驚訝得滿腹狐疑，簡直不知該如何答腔；不過，她仍堅持履行原本計畫，只是擔心要帶走費德莉卡恐怕難上加難了。

在此情況下，機會來了——蘇珊夫人問維儂太太，她覺得費德莉卡看起來怎麼樣？是不是和住在教堂山莊園時一樣好？接著，蘇珊夫人自己說，她有時也不免懷疑倫敦的環境是否對費德莉卡有益？維儂太太抓住這個話題，直接告訴蘇珊夫人她想帶費德莉卡回教堂山。蘇珊夫人對他們如此關愛費德莉卡非常感激，然後說了一堆理由，說無法讓女兒離開自己；此外她還說，目前尚無明確計畫，但相信不久後，將有機會再帶女兒前往；最後，婉拒了他們的好意。維儂太太仍不死心，一再重提此事。儘管蘇珊夫人依舊拒絕提議，但幾天後，她的態度傾向軟化。之所以有此轉變，或許得歸功於一場流行性感冒。蘇珊夫人的母愛總算甦醒了——費德莉卡身體狀況欠佳，她擔心女兒會染上流感而想把她送到鄉下；在世上所有的疾病中，她最擔心的就是女兒染上流感。

費德莉卡於是跟著叔叔嬸嬸一塊兒回到教堂山；三個星期後，蘇珊夫人宣布自己已嫁給詹姆士・馬汀爵士。至此，維儂太太很肯定早先猜得沒錯，蘇珊夫人必早有打算把費德莉卡交給他們帶走，省得麻煩。費德莉卡預計在教堂山待六個星期；她母親最初寄來的一、兩封信充滿了母愛，表面上雖要費德莉卡早點回去，實際上在暗示他們讓費德莉卡多待些時日；兩個月後寫來的信，就不再提及要費德莉卡回去，之後連信也沒寫了。費德莉卡自此安住在叔叔嬸嬸家中，好讓雷吉納能逐漸對她產生愛慕——先前那段與蘇珊夫人無疾而終的交往，讓用情極深的雷吉納很受傷；是以，一般人的療傷期約只需三個月，他很可能得花上一年才能重拾對異性的信心，展望未來美好的戀情。

至於蘇珊夫人的二次婚姻是否幸福，我無法確定，因為這種事除了當事人，還有誰能回答呢？一般人只能用猜的；至於蘇珊夫人的說法，也只有她丈夫和她自己的良心能證實了。自以為撿到好處的詹姆士爵士，也許替自己找了罪受也說不定，這就留待讀者諸君來評斷了。我呢？在所有人之中，最同情的就是曼華林小姐；她來到倫敦，花了大把銀子採買衣飾，弄得自己得過上兩年窮日子，為的就是要奪回詹姆士爵士，卻因一個大她十歲的女人使出的各種心機，灰頭土臉的敗下陣來。

（全文完）

原本安排自己女兒與詹姆士・馬汀爵士結婚，
但計畫落空，蘇珊夫人只好親自上陣擄獲這位富
有爵士的心。

愛與友誼

Love and Freindship

第一封

伊莎貝爾致蘿拉

我曾多次懇求您將此生歷經的不幸與冒險轉述小女，您卻總說：「不，吾友，除非哪天我不會再經歷那樣可怕的危險，否則恕難從命。」

現在，想必已是時候——今天，你滿五十五歲了。如果有個女人說，她將從此擺脫討人厭追求者的苦苦糾纏，以及自家頑固老父嚴苛的精神虐待，那麼就是這個年紀了。

伊莎貝爾謹啟

※本故事雖名為「愛與友誼」（Love and Freindship），但其副標題卻是「友誼裡的欺騙，愛裡的背叛」（Deceived in Freindship and Betrayed in Love），應不難看出年僅十四歲的珍・奧斯汀，欲藉此故事嘲諷時下言情小說誇張書寫設定的決心，說是「惡整」也不為過。（但也有人深入研究珍・奧斯汀手稿，說她之所以把「Friend」拼成「Freind」，純屬個人錯誤拼寫習慣，說她常分不清「i」與「e」的順序。）

珍・奧斯汀特將此作題獻給符利伊德伯爵夫人，此人是年長她十四歲的堂姊伊麗莎・韓考克（Eliza Hancock），曾嫁給法國伯爵，成為伊麗莎・德・符利伊德伯爵夫人（Eliza de Feuillide, La Comtesse de Feuillide）。法國大革命後回到英格蘭，多年之後與珍・奧斯汀的四哥再婚，成了她嫂嫂，兩人非常要好。據信，伊麗莎是珍・奧斯汀多部作品的靈感來源，如《蘇珊夫人》、《曼斯菲爾德莊園》，以及本故事中的伊莎貝爾。

第二封

蘿拉致伊莎貝爾

你假設我再也不會橫遭類似不幸，我可不以為然，但為免落人口實、說我這人冥頑不靈或性格乖僻，我願滿足令嫒的好奇心。過去，我曾堅忍不拔的熬過種種磨難，企盼這些故事能對她有所裨益，當苦難降臨時給予她支持。

蘿拉謹啟

第三封

羅拉致瑪麗安

你是我閨中密友的女兒，對於我身上發生過的不幸，我想你有權知道，況且令堂也經常要我告訴你。

家父生於愛爾蘭，長於威爾斯。家母是蘇格蘭某貴族與義大利歌劇女郎的私生女。至於我，我在西班牙誕生，長大後在法國一間修道院受教育。

滿十八歲時，家父家母要求我回威爾斯與他們同住，寒舍就坐落在幽思克谷最浪漫的區段。儘管如今魅力大不如前，且因過去磨難而略顯滄桑，但我確實曾經是個美人。我雖長得美，但對十全十美的我來說，優雅外貌卻是最不值一提的優點——女性該學的十八般才藝我都具備，且才藝超群。在修道院期間，我的進步總是超越修女的指導，我學識出眾、表現超齡，很快便超越了我的師長。

我看重每項能增添心靈光彩的美德，我的心靈可說集良善品德及高尚情感於一身。無論熟人或朋友的痛苦我都為之憂愁傷感，面對自己煩惱時更不在話下，這可說是我唯一的缺點（如果它算缺點的話）。唉呀，世事變幻無常，曾經發生的不幸遭遇於我確實鮮明如昨，只是如今對他人際遇卻再難感同身受。此外，我的才藝也開始退步，歌沒法唱得像過去那般好，舞步也不復往日優雅，且宮廷小步舞曲已經全忘光了。順頌

近佳

蘿拉示

第四封

蘿拉致瑪麗安

舍下的鄰居不多，其實也就只有令堂。也許她已告訴過你，你外公外婆棄她於貧困不顧，為了簡省，她只好回威爾斯住。這就是我倆友誼的開端。當時，伊莎貝爾二十一歲，儘管容貌舉止都很討喜（這些讚美你別跟她說），但論起美貌或才藝，卻從來不及我的百分之一。伊莎貝爾是見過世面的，她曾在倫敦第一流的寄宿學校讀過兩年書，在巴斯待過兩星期，還在南安普頓住過一晚。

她經常這麼說：「親愛的蘿拉，你要當心哪，當心英格蘭繁華大城毫無特色的虛榮、懶惰的靡爛生活；當心巴斯無意義的奢華，以及南安普頓腥臭的魚味。」

我也只能不平的喊道：「唉呀！那些邪惡我從沒接觸過，教人家從何避開呢？我哪有什麼機會體驗倫敦的靡爛生活、巴斯的奢華，或南安普頓的腥臭魚味？看來，我注定要在幽思克谷這簡陋的鄉間小屋，虛擲我貌美的青春年華了。」

啊，當時我哪裡知道很快就會離開陋舍，領受這世間的爾虞我詐呢！順頌

近佳

蘿拉示

第五封

羅拉致瑪麗安

某個十二月份的傍晚，家父家母與我正圍著壁爐談天時，突然聽見一陣猛烈敲門聲落在寒舍戶外大門上，我們全都嚇了一大跳。

家父率先開口：「那是什麼聲音？」家母答：「聽起來像是響亮的敲門聲。」我嚷道：「一點沒錯。」家父說：「我也這麼認為，看來的確有人極其罕見的持續對我們家無害的大門施暴。」我驚叫：「是的。但我忍不住想，必定是有人在敲門，請求能夠進屋裡來。」家父接著說：「這也有可能。但我們無法確定敲門者的動機，儘管我或多或少也相信的確有人敲了門。」

此時，第二陣強烈的急促敲門聲打斷了家父的發言，家母和我有些驚慌。她說：「我們是不是最好別去管那是誰？因為僕人都出門了。」我應道：「我認為我們該管。」家父補充道：「是，那當然。」家母說：「那我們現在去嗎？」家父回答：「當然，越快越好。」我嚷道：

「噢，趕快抓緊時間吧！」

比之前更劇烈的第三陣敲門聲，再次朝我們耳朵襲來。家母說：「我很肯定有人在敲門。」家父答道：「我想是這樣沒錯。」我說：「我相信僕人已經回來了，而且聽見瑪莉去應門了。」家父叫道：「這太教人高興了，因為我想知道那究竟是誰。」

我猜得沒錯。瑪莉隨即走進房間，稟報我們，大門口有位年輕紳士及其隨從迷了路，凍得不得了，懇求能夠進屋到壁爐邊取暖。

我問父親：「您准許他們進屋嗎？」家父說：「親愛的，你不反對吧？」家母答：「當然好。」

不待進一步指示，瑪莉便離開了房間，旋即帶回兩人，將我生平所見最俊俏親切的青年介紹給眾人；至於那個隨從，她則是留給自己。

這位不幸陌生人的痛苦，早已強烈觸動了我多愁善感的天性。打從瞧見他第一眼，便感覺自己往後人生的幸或不幸必全繫之於他。順頌

近佳

蘿拉示

第六封

蘿拉致瑪麗安

這名貴族青年說他姓林賽（出於特殊理由，姑且容我以塔博特代稱）。他說自己是英格蘭一名從男爵①的兒子，母親過世多年，有位身材中等的姊姊。

他說：「家父是個刻薄又唯利是圖的惡棍；不過，只有在非常特別的朋友，像是你們這群可愛的人面前，我才會洩漏他的缺點。友善的波利多爾、親愛的克勞蒂亞，還有迷人的蘿拉，是你們的美德讓我把信心全都寄託在你們身上。」我們躬身回禮。

他繼續說：「家父深為財富的光燦虛假、頭銜的浮華排場所惑，堅持要我娶桃樂西亞小姐

①從男爵（Baronet）：英國世襲爵位中最低的頭銜；不像真正的貴族（公、侯、伯、子、男爵）被尊稱為閣下、大人（Lord），屬鄉紳階級的從男爵與爵士只能被尊為爵爺（Sir），但從男爵的地位高於爵士（Knight）。珍・奧斯汀的作品中，主角的社會位階未曾高於從男爵。

為妻。我拒絕了，說：『桃樂西亞小姐可愛又迷人，我喜歡她遠甚於其他女子。可是父親大人您要知道，我不屑為了順從您的期望而娶她。』不，永遠別想讓我順從家父以達他的目的。」我們相當欽佩他此番答覆所展現的高貴男子氣概。

他接著說：「愛德華爵爺（也就是家父）很吃驚，他或許從沒料到我膽敢如此違抗他，便說：『愛德華，你真讓我吃驚，你打哪兒學會這種沒意義的廢話？我想，你是小說讀太多了。』我壓根兒不屑答話，那樣有失尊嚴。於是我躍上愛駒，忠誠的威廉隨行，準備動身去找姑母。

「家父的房子位在貝都福郡，姑母的宅邸則在密德塞斯郡，我自認還算有方向感，但不知為何，我原以為來到了姑母家附近，卻發現自己走進這座美麗的山谷，而它竟位在南威爾斯②。

「在幽思克谷河岸徘徊一陣之後，不知該往哪個方向走，便開始忿忿不平、可憐兮兮的哀嘆起自己殘酷的命運。當時，天色已暗，夜幕沒有半顆星星指引方向，若非總算在四合的暮色中察覺遠處亮光，待走近，發現那是尊府壁爐正閃動著讓人精神為之一振的火光，否則不知會有什麼災禍降臨在我身上。因著恐懼、寒冷與飢餓等多重厄運驅使，我費盡力氣來到尊府大門，卻深感躊躇，不知是否該請求進屋，幸而最終得到了許可。」

接著，他一邊說一邊執起我的手：「聽著，可愛的蘿拉，你是我渴求的伴侶，在喜歡上你的過程中，我嘗盡一切痛苦折磨，究竟何時才能盼來回報呢？噢，你什麼時候才會把自己交給我作為回報呢？」我回答：「心愛的、最棒的愛德華，就在此時此刻。」於是，我倆立刻在家父的見證下結為夫妻（儘管家父從未出任牧師職位，但他是受過教會栽培的③）。順頌

近佳

蘿拉示

②貝都福郡（Bedfordshire）在英格蘭中部，密德塞斯郡（Middlesex）在倫敦西北部，兩地相距約五十公里。而幽思克谷（vale of Usk）位在南威爾斯的新港（Newport）東北方，距貝都福郡約一百九十三公里遠。

③暗指這樁婚姻沒有合法效力。

第七封

蘿拉致瑪麗安

婚後，我倆在幽思克谷僅待了短短數天。依依不捨的告別雙親和我的伊莎貝爾後，便陪著愛德華前往密德塞斯郡拜訪姑母。姑母菲莉帕接待我們時，臉上寫滿了慈愛；在她還不知我與她姪兒已經結婚、仍對我這人一無所知時，我的造訪無疑帶來了極愉快的驚喜。

與此同時，愛德華的姊姊奧葛絲塔也正好來探望姑母，她正如愛德華所描述的那樣——有著中等身材。迎接我時，她的驚訝不下於姑母，卻又不如人家那麼熱情友善。此外，她言行冷淡寡禮、嚴苛拘謹，這令我痛心又意外。我倆初次見面，理應熱絡招呼著談話，但她言談之間卻絲毫不帶迷人的感性，也無親切的投緣。她的話語不見溫暖與親切，表情不生動活潑、也不熱情友善。儘管我張開雙臂將她的心貼在我的心上，她卻未伸出臂膀真心的接納我。

在無意間聽到她與弟弟之間的簡短談話後，更不喜歡她了，我認為她的內心不具備溫柔的愛，與人的情感互動也不討喜。

奧葛絲塔問：「你難道認為父親大人可能接受這種魯莽的結合嗎？」愛德華答道：「奧葛絲塔，我還以為你會更看得起我，而不是把我想成那種徹底自取其辱、只在乎後果或利害關係，而去考量父親大人會否同意他兒子私事的男人。奧葛絲塔，告訴我，說真的，打從我十五歲開始，你可曾聽我拿過任何微不足道的瑣事徵詢他的意向，或遵從他的建議？」

奧葛絲塔答：「愛德華，你也太看輕自己了，說什麼打從十五歲起；親愛的弟弟，我可以證明你五歲就開始叛逆了。但我依然擔心，你很快就會被迫做出你眼中自取其辱的事——為了你的妻子，而尋求父親大人的慷慨支持。」愛德華說：「奧葛絲塔，我永遠、永遠不會這樣貶低自己。支持！蘿拉哪裡想從他那兒得到什麼支持？」

奧葛絲塔答：「不就是些無足輕重的食物和飲料嘛！」愛德華以他高貴的輕蔑態度說：「食物和飲料！你就這麼缺乏想像？除了吃喝這種小家子氣又粗俗的事，像我的蘿拉這般尊貴的心靈，生命中就沒其他重要的事嗎？」奧葛絲塔回應：「在我看來沒別的，日子總是得過下去的。」

愛德華說：「奧葛絲塔，難道你從不曾體會過在愛中痛並快樂著嗎？對卑鄙又污濁的你來說，愛情似乎不可能存在對吧？你無法想像，與心愛的人一塊兒面對貧窮帶來的每道苦惱有多奢侈對吧？」奧葛絲塔答：「這太荒唐了，我懶得跟你辯，但願你早日……」

此時，有位十分端莊迷人的女子被領進了我偷聽他們姊弟對話的房間，導致沒能聽見奧葛絲塔後面的話。一聽聞僕役報上此女的名號「桃樂西亞小姐」，我立刻放棄眼前這份偷聽的差事，尾隨她走入客廳；因為我記得很清楚，她就是頑固又冷酷的從男爵要愛德華娶的那位貴族小姐。

儘管桃樂西亞小姐名義上是來拜訪我姑母與大姑，但在得知愛德華結了婚以及人來到了這兒的消息後，我想我有理由猜測，她主要動機是來看我。

我很快就看出，儘管她美麗又優雅、言談輕鬆又有禮，但若論及情感的敏銳度、心緒的溫柔、優雅的善感，她則屬於低劣那類人，我大姑也同樣半斤八兩。

桃樂西亞小姐只待了半個小時，但這段時間裡，她未曾向我吐露任何私密想法，也沒有要我向她傾訴心聲或任何感受。我親愛的瑪麗安，你應該不難想像，我從她身上感受不到一絲熱絡的情感或真誠的喜愛之情。順頌

近佳

蘿拉示

第八封

蘿拉致瑪麗安（續）

桃樂西亞小姐離開後不久，我們又被告知有另一位意外訪客登門。來者是愛德華爵爺；他接到女兒的稟報，得知兒子已成婚，無疑是來責備兒子竟敢未先知會便貿然與我結婚。不過，愛德華早就料到他父親的想法，是以當我公公一走進房間，他便果敢剛毅的走上前去，說：

「愛德華爵爺，我很清楚您這趟旅程的動機——您想責備我，未經您同意便擅自與蘿拉締結牢不可破的婚約，您正是為了這卑鄙想法而來的。可是爵爺，我為此而自豪，惹得父親大人不悅，可是我最值得吹噓的事！」

話才說完，當我公公、姑母與大姑顯然滿懷敬佩之情、還在回味愛德華那無畏的勇氣時，我的丈夫牽起了我的手，帶我離開客廳，走到他父親的馬車旁；那輛馬車仍停在大門口，我們立刻坐了進去，以遠離愛德華爵爺的追趕。

起初，馬車夫收到的指令是走通往倫敦的那條路，待我們想清楚後，又命令他們驅車前往M城。愛德華的至交好友就住在M城，離此地不過幾公里遠。

幾個小時後，我們抵達M城。一報上名字，立刻得到愛德華摯友之妻蘇菲亞的許可。這三個星期來，我身邊沒有真正的朋友（我是指令堂），你可以想像，當我終於看見一個堪稱為真正的朋友時，內心是如何欣喜若狂。可人兒蘇菲亞的身形，要比中等身材再豐滿些，她十分優雅。漂亮的五官蘊含著一種柔情，使她的美更為增色；這成了她心性的特點，多愁善感、感情豐富。我們飛奔進對方的懷抱，在交換誓言、立誓終身為友之後，立刻掏心挖肺的傾吐內心最私密的祕密……不過，我們愉快的交流，被愛德華的好友奧古斯都走進房間時打斷，他正好獨自散步歸來。

我從未見過像愛德華與奧古斯都的相會，這般教人感動的場景。

愛德華驚嘆的說：「我的生命！我的靈魂！」奧古斯都接著說：「我可愛的天使！」兩人一邊說，一邊奔進對方的懷抱。眼前景象當真太教人心有戚戚焉，蘇菲亞和我因而輪流在沙發上暈厥了過去。順頌

近佳

蘿拉示

第九封

依舊是蘿拉致瑪麗安

這天快要結束前，我們收到姑母菲莉帕差人送來的信——

愛德華爵爺因你們不告而別大動肝火，後來便帶著奧葛絲塔回貝都福郡了。儘管姑母很希望有兩位愉快的作伴，但仍無法下定決心把你們從如此知心投契的朋友身邊奪走。待訪友結束，希望你們能再來看望姑母。

菲莉帕示

針對這封滿懷關愛的短箋，我們寫了封得體的回信。除了感謝她誠摯的邀請，並保證若無其他地方可去，我們必定前往叨擾。儘管對任何明理的人來說，肯定沒有什麼答覆會比真心感謝她的邀請更教人滿意，雖說不太清楚怎麼回事，但她肯定很善變，後來才轉而對我們的行為很生氣。

短短數週後，不知是為了報復我們的作為，或排遣自己的孤獨，她下嫁給一個吃軟飯的無知小白臉。儘管深知，此舉可能剝奪我們繼承她過去一直讓人懷有期待的財產，心靈高貴如我們仍為之激起一聲嘆息，這並非為我們自己而嘆，而是擔憂此樁婚姻的結果，將為姑母這受騙的新娘帶來無窮盡的苦難。剛得知此事時，我們惶惶不安且深受衝擊。

奧古斯都與蘇菲亞誠摯懇求我們把這裡當自己家，輕鬆說服了我們永遠不與他們分離。我在愛德華與這對友善親切夫妻組成的社交圈裡，度過了人生中最快樂的時光。大多數時間裡，我們愉快的在起誓彼此友誼長存、宣誓不變的愛中度過。這段時期我們過得很安心，完全沒有討人厭的不速之客干擾，這是因為奧古斯都與蘇菲亞當初遷居此地時，便已適時知會附近人家，說幸福全繫於他倆自身，因而不太想和其他人往來。我親愛的瑪麗安，可惜天不從人願，那時我所擁有的幸福實在太完美，只是，好景不常。

有樁非常嚴重的意外打擊，立刻摧毀了所有的快樂。藉由我所透露，你必定相信這世上找不到比奧古斯都與蘇菲亞更幸福的夫妻了。我想無須我告訴你，他倆乃忤逆了他們殘酷又貪財的雙親才得以結合——長輩執意要他們與厭惡的對象結婚，他們不從，反倒於秉持教人感佩與

才剛新婚不久，奧古斯都竟被逮捕下獄，蘇菲亞承受不住打擊，暈了過去。

稱頌的堅毅精神，堅決不屈服在專橫權勢之下。

勇敢擺脫父母的權威束縛後，他們私下結了婚，且絕不接受雙方父親為和解所提出的任何利誘；這對佳偶保全了他們在這世上的好名聲，只是，崇高的獨立自主性也受到了前所未有的考驗。

我們登門造訪時，他們才剛新婚幾個月。這段期間，之所以能過著大筆錢財金援的好日子，是奧古斯都與蘇菲亞結婚幾天前，好整以暇的從他那不配為人父者的寫字檯裡盜取來的。

我們抵達前，儘管他們身上的錢幾已見底，開銷仍然很大。可是這兩位崇高的人哪，不屑勞心在財務困頓上，因為光想到要清償債務就難堪。唉，如此剛正不阿的行為竟換來此等懲罰——優雅的奧古斯都遭到逮捕，教人驚惶失措不已。我最親愛的瑪麗安，受到加害者這等奸詐無情的背叛，肯定會讓心性溫柔的你為之震顫，這事兒當然也大大觸動了我們兩對夫妻敏銳善感的天性。接著，彷彿加害者此等泯滅人性之舉還不夠驚人似的，我們被告知——這棟房子很快就要被強制執行。噢，我們能為奧古斯都做些什麼？而我們又做了什麼！我們坐在沙發上嘆息著暈厥了過去。順頌

近佳

蘿拉示

第十封

蘿拉致瑪麗安（續）

待我們從強烈爆發的悲痛稍微平復，愛德華表示想去探望被囚禁的奧古斯都，以慰其厄運；與此同時，他希望我們想想眼前身處此等不幸情況，該採取什麼行動為宜？得到應允後，他便動身前往倫敦。

在他離開這段期間，我們確實做到他所說的深思熟慮，最後的共識是——此刻最佳安排就是離開這棟房子，總覺得司法人員下一秒就會來查封。我們熱切期盼愛德華歸來，想告知我們審慎考慮後的結論，可是愛德華一直沒出現。

我們無止盡數算著他不在的漫長時刻，無止盡的嘆息著——但，愛德華還是沒回來。這個打擊對溫柔善感如我們太殘忍、太意外了，無法承受，只能暈厥過去。

最後，身為一個能掌控局面的女人，我下定決心站起身，為兩人收拾了必要衣物，拖著她搭上我所雇用的馬車，立即驅車前往倫敦。由於M城離倫敦不過二十公里遠，很快的，我們抵達了。

馬車一進入霍本①，我便放下前座的玻璃車窗，只要路經體面之人身旁，便出聲相詢：「你們可曾看見我的愛德華？」可惜我們的馬車駛得太快，他們根本來不及回答我的反覆提問，因此，問不太到有關他的消息（其實是完全沒有）。

車夫問：「我該往哪兒去呢？」我回答：「溫柔的青年，麻煩你到新門②，我們要去探望奧古斯都。」蘇菲亞驚呼：「噢，不，別去，我不能去新門。我無法忍受看到我的奧古斯都受到如此殘酷的拘禁，光聽說他遭遇的苦難細節就夠震撼的了，若親眼見到慘狀，多愁善感的天性準會壓垮我。」我同意她的觀點再正當也不過，便立即要求車夫轉向，準備返回鄉間。

我最親愛的瑪麗安，你內心或許有點吃驚，遭受此等不幸，沒有任何奧援、沒有地方可住的我，卻從未想起雙親或我在幽思克谷的娘家。要解釋這看似健忘的作為，必須說件我從未提起的有關家父家母的小事，那就是——在我離家後沒幾個星期，他們兩位老人家都過世了，這正是我暗指的事。

他們去世後，名下房舍與財產便由我合法繼承。唉，可是呢，那棟房子從來就不是他們自己的，而他們的財產也只有養老金。這真是個邪惡的世界！我理應高高興興回去與令堂相聚，理應開開心心介紹她認識迷人的蘇菲亞，理應回到幽思克谷在她倆的相知相伴下，快樂度過我

的餘生……若非有件事從中作梗，如此愜意的計畫早已付諸執行，而那阻礙就是——令堂遠嫁到愛爾蘭偏鄉去了！順頌

近佳

蘿拉示

①霍本（Holborn），位於倫敦市中心。

②這裡指的是新門監獄（Newgate Prison）。這座倫敦城內的監獄，建於一一八八年，後於一九〇二年關閉。

第十一封

蘿拉致瑪麗安（續）

離開倫敦之際，蘇菲亞對我說：「我在蘇格蘭有個親戚，我很肯定對方會毫不猶豫的收留我。」「我該吩咐車夫往那個方向走嗎？」我說，隨即因想起一件事而驚呼，「唉呀，怕是這趟旅程對馬兒來說太長了些。」我不願憑自己對馬匹體力與耐力方面的淺薄知識便驟下定論，於是徵詢車夫意見，他完全同意我對此事的判斷。我們因此決定在下個城鎮換馬，接著改搭四輪馬車完成剩下的旅程①。

抵達途中休息的最後一間小酒館時，儘管此地距離蘇菲亞親戚的宅第僅幾公里遠，我們仍不願貿然打擾，便寫了封相當優雅得體的短箋，說明我們現況一貧如洗、憂鬱消沉，以及希望能前往小住幾個月的計畫。一送出這封信，我們也立刻準備親自尾隨而去。

就在踏入馬車那一刻，一輛由四匹馬所拉、飾有貴族紋章的馬車駛進小酒館庭院，引起了我們的注意。有位老紳士步下馬車，他一露面，我心底便湧出一股奇妙的感受；再次仔細端詳，一股直覺感應朝著我的內心低語，說——他就是我的外公②。我對自己的猜測深信無疑，立刻從馬車車廂下來，跟隨這名年高德劭的陌生人走進房間。我跪倒在他面前，懇求他承認我是他的外孫女。他嚇了一跳，但仔細看了看我的容貌後，從地上拉起我，張開雙臂慈愛的環抱著我，大聲說道：「你是我的孫女沒錯！你的五官神似我心愛的蘿莉娜和她女兒。你擁有我可愛克勞蒂亞與她母親的甜美容貌。我承認你是克勞蒂亞的女兒，蘿莉娜的孫女。」

當他溫柔擁抱我的同時，蘇菲亞對我突然離開很是驚訝，便走進房裡來找我。這位德高望重的長者一看見她，愕然驚呼：「又一個孫女！沒錯、沒錯，我看你應該是蘿莉娜長女的女兒。你和美麗的瑪蒂達長得很像，足以顯示你們是母女。」蘇菲亞接著說：「噢，第一眼看見您，直覺便向我耳語，說我們應該是親戚。但究竟是父系或母系的親緣，卻不敢妄自斷定。」

①在那個時代，一般來說每跑三十二公里路就得換馬，或是讓馬匹休息兩個小時左右再繼續旅程。因此，雇用一輛四輪馬車（post-chaise）、並於每個驛站換馬，會是長途旅行最快、最容易，也最舒適的方式，然而費用也最昂貴；最經濟的選擇則是搭乘公共驛馬車（stagecoach）。但無論選擇何種交通工具，年輕淑女出外旅行時，應有男性家人陪同或僕役護送，單獨旅行會被視為嚴重破壞儀節。

②珍·奧斯汀意在嘲諷十八世紀晚期許多小說的情節設定——只憑一股似曾相識的直覺，便向素未謀面的「親人」認起親來。

當他們溫柔相擁時，房門被推開，有位俊俏無比的青年現身了。聖克萊爾勛爵注意到此人，大吃一驚，倒退好幾步，高舉雙手嘆道：「又一個孫子！真是意想不到的幸福啊！竟然三分鐘內就在這個房間找到這麼多子孫！我很確定這是蘿莉娜三女兒貝莎的兒子——費蘭德。現在只差古斯塔夫，就能湊齊蘿莉娜所有的孫子孫女了。」

「我就在此，」有位風度翩翩的青年在那一瞬間走進了房間，「您想見的古斯塔夫在此。我是蘿莉娜小女兒阿嘉莎的兒子。」聖克萊爾勛爵接口說道：「我想你確實是。不過，告訴我，」他忐忑不安的望向房門，「這屋裡還有我其他的孫兒嗎？」「稟報閣下，應該沒有。」「那麼，我現在就給你們每人一筆錢。這裡有四張面額各為五十英鎊的鈔票，你們一人拿一張。記住，我已盡了身為祖父的責任。」說完，隨即離開房間，立刻離開了這間屋子。順頌

近佳

蘿拉示

第十二封

蘿拉致瑪麗安（續）

你可以想像我們對聖克萊爾勛爵的突然離去有多驚愕！蘇菲亞高聲大嚷：「可恥的外公！」我則說：「這樣也配當人家的外公嗎？」之後，我倆便瞬間暈厥在彼此的懷裡。我不清楚我們暈了多久，但清醒後，發現房裡只剩下我倆。古斯塔夫、費蘭德，還有我們的五十英鎊大鈔，全都不見蹤影。

正當悲嘆自己不幸的命運時，房門被人推開，只聽見有人宣告：「麥克唐納到了。」他是蘇菲亞的堂兄。

我正猶豫，是否該憑第一眼印象宣稱他是個溫柔體貼的朋友，畢竟他收到短箋後，即趕緊匆匆前來為我們解圍，這一點為他大大加了分。唉呀，但他仍擔不起這個美名——儘管十分關切我們的不幸遭遇，但論及幫我們出口惡氣的分上，他卻說自己讀那封短箋時沒發出輕嘆，也沒有出聲咒罵。

他說，自己的女兒正引頸企盼蘇菲亞隨他一塊兒返回麥克唐納莊園，而身為蘇菲亞的朋友，我想他也會樂於讓我待在那兒。我們前往麥克唐納莊園，受到了麥克唐納的女兒珍娜塔，以及莊園女主人的親切接待。珍娜塔當時才十五歲，秉性純良，有顆易感的心及討人喜愛的性情。

她具備這些出色的特質，只需適當鼓勵，便能更增心智的光彩。只可惜，她父親的靈魂不夠高尚，不懂欣賞如此有潛力的性格，甚至竭盡所能的壓抑它，不讓它隨她的年紀而增長。眼下，這個做父親的確實抹滅了她天生高貴的感性，成功說服她接受一名青年的求婚，他倆幾個月內就會結婚。

我們抵達莊園時，那名青年葛拉漢正好也在這兒。我們很快便看透他的個性，他就是大家認為麥克唐納會選擇的那種女婿。他們說，葛拉漢是個理智、見多識廣、討人喜歡的人，我們可沒興趣評判這種枝微末節，只確信他這人沒有靈魂，因為他沒讀過《少年維特的煩惱》，頭髮也不帶任何一點赭紅色；我們確定珍娜塔對他沒半點感情，或至少覺得她理應沒有。

葛拉漢是麥克唐納屬意的女婿，這一點對葛拉漢非常不利；儘管其他所有方面他都配得上她，但就珍娜塔而言，光他是父親替自己所擇夫婿這一點，就足以拒絕他了。我們決定從適當角度說明這些考量，相信一定能成功說服秉性純良的珍娜塔。這事兒的錯誤，導因於她對自己的意見缺乏足夠信心，也沒能適時反對父親的意見。

我們發現她確實如同期盼的那樣，很容易就被說服自己絕不可能愛上葛拉漢，還有，違抗她父親絕對是義務。唯一讓她有些遲疑的是，我們斷言她的心必然另有所屬。有好一段時間，她堅稱沒認識哪個讓她有一點動心的年輕男子。但當我們向她解釋這種事絕無可能之後，她才和盤托出——相信自己確實喜歡麥肯利上校更甚其他人。我們很滿意此番自白，在列舉麥肯利的種種美好品格、並保證她肯定早就熱烈愛上他之後，我們想知道，他是否曾透過什麼方式表白？

珍娜塔說：「完全沒有任何蛛絲馬跡，我實在毫無理由想像他會對我有任何感覺。」蘇菲亞答：「不，他肯定非常喜歡你，這點毫無疑問。愛慕，必定是有來有往的。難道他從未滿懷仰慕的凝視你？溫柔的輕按你的手？不由自主的落淚？以及，突然離開房間？」珍娜塔接著說：「就我記憶所及，從來沒有。來訪結束後，他確實會離開房間，但從未突如其來的離開，或未先鞠躬致意便離去。」

我說：「其實，吾愛，你一定是弄錯了，因為那絕對不可能。當他不得不與你分別時，應該會表現得困惑、絕望或魯莽行事。珍娜塔，再仔細想想，你就會知道，假設他能夠如常的鞠躬致意或行為舉止無異，這想法有多荒謬。」

當把這一點處理得教人滿意後，接下來我們的考慮是，該如何讓麥肯利知道珍娜塔心裡有他……最後，我們同意由蘇菲亞執筆寫一封匿名信①，向他透露此番有利局面。

信件內容如下：

噢，美麗珍娜塔的幸福戀人哪！噢，擁有她的心的幸運兒哪！儘管她預定與另一個人攜手共度人生，為何你還遲遲不向這位出色的美人表白心意？噢，試想再過幾個星期，你眼下所懷抱的每個幸福想望都將戛然而止，只因她這個不幸的受害者迫於父親的淫威，不得不與惡劣又可憎的葛拉漢結為連理。

唉，你為何遲遲不說出內心無疑早就備妥的方案，而如此殘酷的默許你倆承受可預見的悲慘境遇？只需要一場祕密婚禮，就能立刻確保雙方幸福。

麥肯利果然是個討喜的人兒，一接到這封情書，立刻乘著愛之翼飛奔至麥克唐納莊園，極力表白對珍娜塔的愛慕。後來他向我們保證，之所以一直隱瞞自己的情感，只是因為生性靦腆。

經過幾場私下面談後，蘇菲亞和我很滿意的目送他們啟程前往格雷特納綠地②。儘管那裡離麥克唐納莊園很遠，他們還是選擇在那裡、而不是其他地方舉行婚禮。順頌

近佳

蘿拉示

① 在那個年代，未婚男女不被允許通信，除非兩人已訂婚。

② 英格蘭於一七五三年通過婚姻法案（Marriage Act），規定雙方必須年滿二十一歲、得到父母同意，且須經牧師證婚，婚姻方才生效。與此同時，蘇格蘭的規定則相對寬鬆，男子只須年滿十四歲、女子年滿十二歲，在一位見證人面前立下誓言，婚姻即可成立。而在蘇格蘭合法締結的婚姻，在英格蘭同樣具法律效力。由此，最鄰近英格蘭的蘇格蘭小鎮「格雷特納綠地」（Gretna Green），因地利之便，而成了當時知名的私奔者結婚天堂。

第十三封

蘿拉致瑪麗安（續）

早在麥克唐納或葛拉漢對這件事起疑之前，珍娜塔與麥肯利已經離開了好幾個小時。要不是發生以下這樁小插曲，他們甚至可能連想都沒想到——

話說之前某一天，蘇菲亞用自己的某支鑰匙，無意間打開了麥克唐納書房的某個私人抽屜，發現那是他存放重要文件的地方，裡頭還有不少銀行紙鈔。她把這個發現告訴了我，我們一致同意，從麥克唐納這種卑鄙惡人身上奪走一些金錢亦是合情合理，說不定那還是不義之財呢！我們便決定，之後偶爾都要從那個抽屜拿走幾張紙鈔。我們已成功執行過這個立意良善的計畫幾回，可惜珍娜塔離家出走的這天，當蘇菲亞故作莊重的從抽屜取出第五張紙鈔、正要放進自己錢包時，麥克唐納突然輕率粗魯的走進書房，無禮的打斷了她的行動。

儘管蘇菲亞天性迷人又甜美，但礙於情勢所需，她激發出女性的尊嚴，立刻裝出最嚴峻的表情，憤怒的皺起眉頭，朝這個大膽狂徒傲慢的質問：「為什麼用這麼無禮的方式打擾我休息？」厚顏無恥的麥克唐納絲毫不為這項指控辯白，反倒態度很差的指摘蘇菲亞可恥的詐取他錢財……蘇菲亞的尊嚴受到了傷害，她一邊嚷嚷：「惡棍，」一邊迅速將紙鈔放回抽屜，「你竟敢指控我做那種事？光是你有這種念頭就教人為你羞恥。」但這卑鄙惡徒仍心存懷疑，持續不屑的訓斥有充分理由生氣的蘇菲亞；最後，他大大激起她性格中溫柔甜美的一面，為報復他，說出了珍娜塔與人私奔，以及我倆如何積極的參與此事。正當他倆爭吵時，我走進書房，你可以想像，面對惡毒卑劣的麥克唐納這些毫無根據的非難，我和蘇菲亞同樣感到被冒犯。

我大喊：「你這下流的無賴！竟敢大膽汙衊如此聰明秀異女性的無瑕名聲？你怎麼不快點懷疑我的清白？」他接口：「這位太太，包您滿意，我確實懷疑你的清白，因此希望兩位在半小時內離開這棟房子。」蘇菲亞應道：「我們很樂意離開。老早就厭惡你這個人了，只是看在與令嬡情誼的份上，才在你家待這麼久。」他答道：「還真多虧了你們與小女交好，讓她投入一個為達目的不擇手段的吃軟飯傢伙懷抱。」我驚叫：「沒錯，那真是不幸中的大幸。只要想到我們出於友誼為珍娜塔做了這件事，就讓人稍感欣慰。我們欠她父親的人情債總算徹底還清了。」他答：「是啊，對你們高貴無比的心靈來說，做出這種有損名譽的舉動想必非常稱心如意吧。」

行頭與細軟收拾妥當後，我們便離開了麥克唐納莊園。走了約莫兩公里半，來到一條清澈小溪旁坐下歇腿。此地很適合沉思，東側有片茂密的榆樹林庇護我們，西側則是蓊鬱的蕁麻林。前方是潺潺流過的小溪，背後有條付費公路。懷著沉思的心情，享受如此美麗的景致，我們有好一段時間沒交談，最後，我感嘆著打破了沉默：「好美的景色啊！唉，為什麼愛德華與奧古斯都沒法與我們共享此美景呢？」

蘇菲亞大喊：「啊，我親愛的蘿拉，拜託，別讓我想起丈夫坐牢的不幸境遇。唉，我絕不會放棄打聽奧古斯都的下落，我想知道他是否還在新門監獄，或是受絞刑了沒？可是我到現在還沒法克服自己的軟弱，打探他的消息。噢，求求你別再讓我聽到這心愛的名字，那深深打擊著我。我無法忍受聽見他的名字，聽到就會刺痛我的心哪！」

我回應：「蘇菲亞，原諒我，我無意冒犯你。」接著改變話題，希望她欣賞這片濃密壯觀的榆樹林，畢竟它為我們阻擋了東邊吹來的和風。蘇菲亞則說：「唉呀，我的蘿拉，拜託你，別再提起如此憂傷的話題。細看這些榆樹，會使易感的我再度受傷。它們讓我想起奧古斯都，那麼高大、雄偉，他所擁有的高貴優雅正如你所欣賞的這些榆樹。」

我沉默不語，深怕所說的其他話題又會讓她想起奧古斯都，而只是讓她更加痛苦。在短暫的停頓後，蘇菲亞開口了：「親愛的蘿拉，你怎麼不說話？我不能忍受這種靜默，你萬不可任由我沉浸在自己的思緒裡，這會一再讓我想起奧古斯都。」

我說：「好美的天空呀！看看那些精巧的白色條紋，讓蔚藍展現了多迷人的變化啊！」她只朝天空匆匆瞥了一眼便收回目光，說：「噢，我的好蘿拉，別要我注意天空，這殘酷提醒

我的蘿拉，拜託你，別提奧古斯都這名字，
我不願想起自己丈夫坐牢的不幸遭遇。

蘇菲亞，原諒我，我無意冒犯你。

了我，奧古斯都有件白條紋圖案、藍綢材質的西裝背心，那讓我好生悲傷！請悲憐你不幸的朋友，避開如此痛心的敏感話題，好嗎？」

我能怎麼辦呢？當時蘇菲亞的感受如此強烈，她對奧古斯都的柔情如此酸楚，教我無法開展任何其他話題，擔心可能會出人意表再度喚醒她所有的感性，使她又想起丈夫。然而，保持沉默是殘酷的，她期待我開口說話。

值得慶幸的是，某樁意外適時化解了這個進退兩難的窘境——有輛由一位紳士駕駛的輕便雙座敞篷馬車，駛過我們後方馬路時，很幸運的翻覆了。這可說是一件最幸運的意外，因為它轉移了蘇菲亞的注意力，使她不再繼續沉湎於憂鬱思緒。我們立刻起身跑向那些亟需救援的人。不過幾分鐘前，他們還洋洋得意的高坐在一輛時髦敞篷馬車上，如今卻摔趴在塵土中，身體呈大字型躺平在地。衝向事故現場時，我如此對蘇菲亞說：「這是何等豐富的主題啊，不僅讓人思索世間的歡樂無常，那輛馬車與沃爾西樞機主教的一生①，難道不值得有頭腦的人好好想想嗎？」

她沒時間回答我，因為當下的每個念頭都被眼前恐怖景象所占據。兩名倒在血泊中衣著優雅的紳士，首先引起了我們的注意——他們是愛德華與奧古斯都！沒錯，親愛的瑪麗安，這兩位紳士分別是我和蘇菲亞的丈夫。蘇菲亞放聲尖叫，接著便暈倒在地。我高聲大喊，瞬間欣喜若狂。我倆失去神智好幾分鐘，待清醒後，又再度失去神智。我們持續處在這種不幸的情況下，約莫一小時又一刻那麼久——蘇菲亞隨時會暈厥，我則動不動變得異常興奮。

最後，運氣不佳的愛德華（兩人之中僅他一息尚存），發出了痛苦呻吟，讓我們恢復了心神。倘若我們一開始設想過他們之中的誰還活著，便能少承受些悲痛；然而，看見他們的第一眼真讓人以為兩人都死了，已無法為他們做任何事。因此一聽見愛德華呻吟，我們立刻先擱下哀嘆之情，匆匆趕到這位可人兒青年身旁，分跪在他兩旁，哀求他千萬別死。

他無神呆滯的望著我，說：「蘿拉，我恐怕是翻車了。」我發現他仍舊神智清醒，不禁大喜過望。我說：「噢，愛德華，你告訴我，求你在死去前告訴我，自從奧古斯都被逮捕、你我分別的那個不幸之日起，你究竟遇上了什麼樣的厄運？」「我會告訴你的。」說完，發出一聲長嘆，他就死了。蘇菲亞立刻再度暈厥過去，我的悲痛則清晰可聞——聲音顫抖、眼神空洞失焦、面色蒼白如死人，我已感覺不太到自己的意識。

「別跟我提馬車的事，」我語無倫次的驚慌亂叫，「給我一把小提琴，我要為他演奏，在他憂鬱時撫慰他。姑娘啊，當心邱比特的雷電，閃躲朱比特的穿心箭②。看看那排樅樹。我看見一隻羊腿。他們跟我說愛德華沒死，但他們騙我。他們為了一條黃瓜而帶走他。」我如此持

①湯瑪斯・沃爾西（Thomas Wolsey，約1475～1530），英國樞機主教，也是英王亨利八世的心腹，後來因無法讓教宗同意亨利與第一任妻子離婚，而失寵。

②在羅馬神話中，用弓箭的是邱比特，使雷電的是朱比特（相當於希臘神話中的宙斯）。

續失控的悲嘆著愛德華的死，就這樣瘋狂胡言亂語了整整兩個小時，本不該就此住口，無奈疲倦已極；再加上剛從暈厥中甦醒的蘇菲亞，懇求我考慮夜色已近，夜霧開始落下。我問：「我們該往何處去，才能庇護我們不被夜深或夜霧所侵？」「去那棟白色農舍吧。」她指向矗立在榆樹林中的一棟小巧建築物，之前我竟未曾注意過它。

我同意了，於是立刻走到屋前敲了敲門。應門的是位老婦，我們拜託她讓我們借宿一晚。她說她家雖小，只有兩間房，但很歡迎我們使用其中一間。我們滿心感激隨著這名善良婦人進屋，屋內舒適的爐火讓人振奮了起來。

她是個寡婦，只有一個女兒，名叫布莉姬，年方十七。這是最棒的年紀，只可惜這女孩相貌平平，因此沒什麼好期待的……她不可能具備高尚的想法、細膩的情感，或纖細的感性。她不過是個脾氣好、有教養、熱心助人的年輕女子。因此，我們絕對不會不喜歡她，只是有點看不起她罷了。順頌

近佳

蘿拉示

第十四封

蘿拉致瑪麗安（續）

我可愛的年輕朋友，用你所精通的各種處世哲學，來武裝起自己，鼓起你所有的剛強堅毅吧，因為，唉，閱讀接下來的內容，會讓你性格之中感性的一面受到最嚴峻的考驗。啊，在此之前，我所經歷的種種不幸已全都說給你聽，現在我還要繼續說下去。

儘管家父家母與外子接連死去，幾乎超過我溫柔的本性所能負荷，但相較於接下來要說的事，仍然無足輕重。

我們在農舍借宿的次日清晨，蘇菲亞抱怨自己嬌弱的四肢劇烈疼痛，同時還伴隨著令人不快的頭痛。她認為，應該是前一天傍晚夜露落下時，仍在野外不斷反覆暈厥而染上了風寒。恐怕就是這原因沒錯，否則該如何解釋我竟躲過了這樣的毛病？只能推測，我的狂亂反覆發作時，四肢使力讓血液有效的循環與暖和起來，保護了我不受寒冷夜露侵害；然而，蘇菲亞躺在地上動也不動，必定全然暴露在夜露的猛烈侵襲之下。或許你會認為她不過患了點小病，我卻非常憂慮，有種本能的感覺對我低語——這病，最後會奪走她的性命。

唉，我的擔憂完全正確；她的健康狀況一天比一天差，每天我都越來越憂慮。最後，她不得不躺在令人尊敬的女房東指定的床鋪上，全然的臥床靜養。她的身體不適轉變成急速惡化的結核病，不出幾天，便香消玉殞了。悼念她的過程中（你可以猜想那些哀悼有多劇烈），想起自己在她生病時全心全意照料她，才多少帶給了我些許安慰。當時，我每天都為她哭泣，我的眼淚濡濕她甜美的臉龐，我用雙手持續輕按她纖纖手指。

臨終前幾個小時，她對我說：「我親愛的蘿拉，看看我不幸的結局，你必須引以為戒，千萬避免做出惹來這種下場的魯莽作為……要當心暈厥……儘管暈倒的當下可能使你精神一振且心情愉快，但相信我，要是過於頻繁的反覆暈厥、且選錯季節，它們最終將危害你的身體健康……希望我的厄運能讓你明白這一點……我為失去奧古斯都的悲痛而殉節身亡……一場致命的暈厥要了我的命……親愛的蘿拉，別輕忽暈倒……精神狂亂的危害程度尚不及此四分之一強，精神狂亂若不太劇烈，或可算是一種身體運動，我敢說其結果有益健康……隨你想多頻繁的瘋狂奔跑都行，就是別暈倒。」

這是她臨終前最後對我說的話，是她對飽受折磨的蘿拉的臨別忠告，我從此奉為圭臬。

我持續照料蘇菲亞直到她撒手人寰，緊接著立刻離開這傷心地（雖然夜已深），誰教她在此病故，而外子與奧古斯都也在附近喪命。還未步行太遠，就有輛公共驛馬車超越了我，我立刻上車就座，決定乘車前往愛丁堡，期盼能在那裡找到某個有惻隱之心的善心朋友願收留我，撫慰我飽受磨難的身心。

進入車廂時，四周一片黑暗，無從分辨同行旅客有幾位，只知道人數不少。然而此刻我無心關切他們，只想放任自己沉浸在悲傷的思緒裡。靜默瀰漫了整個車廂，不料卻被某位乘客反覆又響亮的鼾聲打破。我心想：「這人肯定是個沒教養的村夫，一點高雅的風範也無，才會用那麼粗暴的噪音衝擊人的感官！我確信這個人肯定做得出各種劣行，對這種人來說，哪會有什麼做不出的邪惡之事！」我內心如此暗暗推想，且相信同車旅客必定也這麼想。

天色漸亮，終於看清方才如此強烈干擾我感受的肆無忌憚無賴——沒想到，那人竟是愛德華爵爺，我的公公。他女兒，也就是我的大姑奧葛絲塔坐在他身旁，而與我坐在同一張椅子上的則是令堂，還有桃樂西亞小姐。你想想，突然發現自己坐在一群熟人舊識之中教人何等吃驚。讓我更詫異的是，望向窗外，竟看見姑母菲莉帕與其夫婿並肩坐在車夫的座位上。待轉頭往後看，還發現坐在行李廂中的是費蘭德與古斯塔夫。我驚呼：「噢，老天爺，我竟意外的被親戚與熟人包圍，這可能嗎？」這些話引起了其他人的騷動，所有目光全投向我。接著，我越過身旁的桃樂西亞小姐，將自己投入令堂的懷抱：「噢，我的伊莎貝爾，請將不幸的蘿拉再次擁入你懷中。唉，之前我們在幽思克谷分別時，我很開心能與最優秀的愛德華結褵。當時我有父有母，從不識愁滋味；如今除了你，每位至親都被無情的奪去——」

我大姑突然插話：「你說什麼！我弟弟死了？求求你告訴我們，他現在怎麼樣了？」我回答：「這位冷淡無情的小姐，沒錯，你弟弟，我倒楣的夫君，已經不在人世了。現在，你可以以身為愛德華爵爺財富的女繼承人而自豪了。」

儘管打從無意間聽見他們姊弟對話那天起，我就一直瞧不起她，但出於禮貌，我仍順從她與我公公的請求，將整件令人傷感的事原原本本告訴他們。眾人聽了無不為之震驚，即便是我那冥頑不靈的公公、無情的大姑也深深被這不幸的故事所觸動，悲痛不已。

至於令堂，則是要我將與她分別後，身上所發生的其他厄運，逐一說出——奧古斯都身繫囹圄；愛德華消失無蹤；蘇菲亞與我抵達蘇格蘭後，意外遇見我們的外公與表兄弟；前去麥克唐納莊園拜訪，在那兒促成了珍娜塔的良緣，但她父親卻忘恩負義，其殘酷行為、不可理解的猜疑、野蠻的對待，迫使我們離開了莊園；失去愛德華與奧古斯都讓人悲痛萬分；最後，則是我心愛同伴蘇菲亞的抑鬱病故。

聽我敘述時，令堂臉上寫滿了憐憫與驚訝；很遺憾的，驚訝之情卻遠超乎憐憫，她真該為自己性格中感性這一面而羞恥。不該是這樣的，在這些接踵而來的不幸與冒險過程中，我的行為確然無可指摘，她卻硬要說我在許多情況下都做錯了。我是個明白事理的人，行為舉止受過良好教養，並總是展現真摯的情感與高尚的品德，因此不會太在意她的話。我好奇的是她怎麼會來這裡，而不是要她拿毫無道理的指摘來傷害我無瑕的聲名。待她將自我們分別後，身上所發生的每件事一五一十說出來後（如果你還不清楚那些細節，去問令堂），我便轉而詢問我大姑，問她、我公公，還有桃樂西亞小姐，怎麼會來這兒？

大姑說，她極喜大自然之美。讀了吉爾平的高地之旅①後，想親眼看看那個優美之境的好奇心被大大喚醒了。她好不容易才說服我公公進行這趟蘇格蘭之旅，又說動了桃樂西亞小姐一起同行。幾天前才剛抵達愛丁堡，從那時起，每天都搭乘這輛公共驛馬車到附近鄉間一日遊，而我們說話的當下，他們正要返回愛丁堡。

我的下一個提問，則與姑母、姑丈有關。就我所知，姑丈已將姑母的財產花費殆盡。據大姑表示，為了謀生，他們夫妻只好仰賴姑丈很拿手的天賦，也就是駕駛馬車；同時，他們變賣了所有能賣的東西，只留下馬車，之後又將馬車換成驛馬車。為遠離姑丈以往的舊識，他們夫妻便駕著驛馬車來到愛丁堡營生，每隔一天從愛丁堡發車，駛往史特靈。姑母仍愛著這個不知感激的丈夫，隨他搬來蘇格蘭定居，通常也陪著他往返史特靈這小小一日遊。大姑繼續說：「自從我們抵達蘇格蘭，家父總是搭乘他們經營的公共驛馬車瀏覽鄉間美景，為的只是塞一點

---

① 指畫家威廉・吉爾平（William Gilpin, 1724～1804）於一七八九年出版的《大不列顛幾處風景速寫：蘇格蘭高地篇》（Observations on Several Parts of Great Britain, Particularly the High-lands of Scotland）一書。

點錢到他們口袋裡——畢竟對我們來說，搭乘四輪馬車遊覽高地肯定愜意得多，因為可不需要每隔一天就擠在座位不好坐、人又多的公共驛馬車上，從愛丁堡前往史特靈、再從史特靈返回愛丁堡，重複著如此單調的行進。」我完全同意大姑對此事的看法，並暗自責怪公公竟為了自己的姊妹、這可笑的老女人，犧牲愛女旅行的安適快樂。姑母蠢到嫁給那麼年輕的男子，本來就該受懲罰。只是，公公此種行徑與他的整體性格並無二致——畢竟，對於一個無絲毫感性、幾乎不知道什麼叫做同情，而且還會打鼾的人，你還能有什麼期待？順頌

近佳

蘿拉示

第十五封

蘿拉致瑪麗安（續）

當我們抵達用早餐的城鎮後，我決定和費蘭德、古斯塔夫聊一聊。為此，待一踏出車廂，我便走到後方行李廂，親切問候他們是否安好，並對他們所坐座位不夠安穩表示擔憂。起初，他們似乎對我的出現很困惑，擔心我會要他們解釋從我這兒偷走的那筆錢（外公給的），後來卻發現我絕口未提那檔事。他們希望我能進行李廂裡談，因為那兒比較方便說話，我接受了邀請。正當其他乘客狼吞虎嚥以綠茶配奶油吐司時，我們三人則透過祕密談話，更優雅講究的饜足著心靈所需。我訴說了自己人生所發生的每件事，應我要求，他們也說了生命中的大小事件。

古斯塔夫開始娓娓道來：「你已經知道，我們是聖克萊爾勛爵與義大利歌劇女郎蘿莉娜的孫子，我們的母親是他倆所生年紀最幼的兩個女兒。我們的母親，都無法完全確定誰是我們的父親，儘管大家普遍相信——費蘭德是砌磚工菲力浦．瓊斯的兒子，而我父親是愛丁堡的緊身褡製造商葛雷格利．史戴夫斯。不過這一點其實不重要，因為我們的母親肯定從不曾嫁給他們，這反映出了我倆血統絕無任何不名譽之處，而且再古老純淨不過。

「我們的母親，這兩姊妹一直住在一起。她們都不太有錢，兩人的共同財產起初有九千英鎊，但畢竟得靠本金過活①，所以等到我們年滿十五歲時，這筆財產已減少到剩下九百英鎊。她們向來把這筆錢放在客廳某張桌子的抽屜，以便隨時取用。如今，我已無法確定，究竟是因為能輕易取走這筆錢的機緣巧合，還是因為我們想獨立，或因為感性情懷過剩（我們在這方面總是特別出色）……但可以肯定的是，我們拿走了那九百英鎊，跑得遠遠的。

「這筆橫財到手後，我們決定省著點花，絕不浪費在蠢事或奢侈品上。為此，我們分成了九份，第一份用於食物，第二份用於飲料，第三份用於家務，第四份用於馬車，第五份用於馬匹，第六份用於僕役，第七份用於娛樂，第八份用於服裝，第九份用於銀質鞋釦。在規畫了兩個月的開銷之後（希望九百英鎊能撐那麼久），我們急忙前往倫敦，結果運氣很好，我們在七週又過一天時，把這筆錢花光了（比原先所盤算早了六天）。我們很開心解除了擁有這麼多錢財的重擔，隨即開始思考是否該回母親身邊，卻意外聽說她們已雙雙餓死，只得放棄這個想法。

「後來，我們決定加入巡迴劇團，成為江湖藝人，畢竟我們一直都是職業演員。我們向某家劇團表示願意參與表演。我們的劇團規模很小，只有經理夫婦，還有我們兩個；不過，有薪水拿的人更少。加入此劇團唯一的麻煩是，能表演的劇目不多，因為我們缺乏人手演每個角色，但我們不介意這等小事。我們最受歡迎的表演是《馬克白》，演出真的非常精彩——劇團經理總是自己來演班戈，經理的妻子演馬克白夫人，我演三名女巫，費蘭德則飾演所有剩下的角色。老實說，這齣悲劇不只是我們最精彩、也是我們唯一表演過的劇目。

「在英格蘭、威爾斯各地巡迴演出後，我們來到了蘇格蘭，想將表演帶到大不列顛的其他地方。我們碰巧暫住在你與外公相會的那個城鎮。當他的馬車駛進小酒館院子時，我們正好也在那裡。在意識到環抱我們雙臂的主人是誰、知道了聖克萊爾勛爵是我們的外公之後，我們商量後決定——既然發現彼此有血緣關係，就要努力從他身上得些好處。你知道的，事情進展得有多順利；一拿到兩百英鎊，我們立刻離開那個城鎮，丟下了劇團經理及其妻子，讓他們自個兒去演《馬克白》，我們則動身前往史特靈，非常高明的花用這筆小財。如今，我們想回愛丁堡，以便在表演之路爭取到美缺。我親愛的表姊，以上就是我們的經歷。」

我謝謝親切友善的表弟說了如此有趣的故事，祝他們幸福快樂之後，留他們繼續待在自己的小天地，我則來到熱切等我回座位的另一群朋友身邊。

---

①意即，她們的生活開銷遠超過年利所能支應。在珍・奧斯汀的《傲慢與偏見》中，富有的年輕莊園主人達西先生年收入為一萬英鎊；而現實生活中，奧斯汀一家整年的生活費只有六百英鎊。

親愛的瑪麗安，我的冒險已近尾聲，至少截至目前為止如此。

抵達愛丁堡後，公公告訴我，身為他死去兒子的遺孀，希望我能接受他每年撥四百英鎊給我花用。我得體的應允了，卻忍不住觀察這位毫無同情心的從男爵之所以如此提議，究竟因為我是愛德華的未亡人，或者因為我是教養極佳、為人可親的蘿拉？

後來，我在蘇格蘭高地的一座浪漫村莊定居，直到今日。在那裡，我得以不受無意義的拜訪干擾，得以不間斷的沉浸在憂鬱的孤獨中，不停悼念家父、家母、外子及密友之死。

我大姑奧葛絲塔已嫁給葛拉漢許多年，此人比誰都更適合她。她是在蘇格蘭暫住期間，認識他的。

我公公愛德華爵爺，一直想有個繼承人承襲其爵位與產業，於是娶了桃樂西亞小姐。後來，他的願望成真了。

我的兩位表弟費蘭德、古斯塔夫，他們的表演在愛丁堡戲劇界打響了知名度，後來移往柯芬園發展，如今他們仍分別以路易士、奎克的藝名從事表演②。

姑母菲莉帕則早已蒙主寵召，但姑丈仍持續駕駛公共驛馬車為生，奔走在愛丁堡與史特靈

②倫敦的柯芬園（Covent Garden），周邊是著名的劇院區。路易士（Lewes）和奎克（Quick）是當時知名的倫敦演員。

有了公公給予的四百鎊年收入，蘿拉從此安居蘇格蘭高地一座浪漫村莊，終身緬懷與愛德華、蘇菲亞、奧古斯都曾經共度的快樂時光。

兩地之間。我最親愛的瑪麗安，這些就是全部了，我說完了。順頌
近佳

蘿拉示

（全文完）

國家圖書館出版品預行編目資料

蘇珊夫人（附：愛與友誼）／珍・奧斯汀（Jane Austen）著；劉珮芳、陳筱宛譯
——初版——臺中市：好讀，2016.08
面：　公分，——（典藏經典；91）

譯自：Lady Susan, love and freindship

ISBN 978-986-178-387-1（平裝）

873.57　　105009095

好讀出版

典藏經典 91

蘇珊夫人（附：愛與友誼）

Lady Susan with love and freindship

作　　者／珍・奧斯汀 Jane Austen
譯　　者／劉珮芳、陳筱宛
內頁插圖／林江汶
總 編 輯／鄧茵茵
文字編輯／簡伊婕
美術編輯／廖勁智
內頁編排／王廷芬
行銷企畫／劉恩綺
發 行 所／好讀出版有限公司
臺中市 407 西屯區何厝里 19 鄰大有街 13 號
TEL:04-23157795　FAX:04-23144188
http://howdo.morningstar.com.tw
（如對本書編輯或內容有意見，請來電或上網告訴我們）
法律顧問／陳思成律師

戶名：知己圖書股份有限公司
劃撥專線：15060393
服務專線：04-23595819 轉 230
傳眞專線：04-23597123
E-mail：service@morningstar.com.tw
如需詳細出版書目、訂書，歡迎洽詢
晨星網路書店 http://www.morningstar.com.tw

印　　刷／上好印刷股份有限公司 TEL:04-23150280
初　　版／西元 2016 年 8 月 1 日
定　　價／250 元
如有破損或裝訂錯誤，請寄回臺中市 407 工業區 30 路 1 號更換（好讀倉儲部收）

Published by How Do Publishing Co., LTD.
2016 Printed in Taiwan
ISBN 978-986-178-387-1

讀者回函

只要寄回本回函，就能不定時收到晨星出版集團最新電子報及相關優惠活動訊息，並有機會參加抽獎，獲得贈書。因此有電子信箱的讀者，千萬別吝於寫上你的信箱地址

書名：蘇珊夫人（附：愛與友誼）

姓名：________________ **性別：**□男□女　**生日：**____年____月____日

教育程度：________________________________

職業：□學生 □教師 □一般職員 □企業主管

□家庭主婦 □自由業 □醫護 □軍警 □其他________________

電子郵件信箱（e-mail）：________________________**電話：**________________

聯絡地址：□□□ ____

你怎麼發現這本書的？

□書店 □網路書店（哪一個？）________________ □朋友推薦 □學校選書

□報章雜誌報導 □其他____

買這本書的原因是：____

□內容題材深得我心 □價格便宜 □封面與內頁設計很優 □其他________

你對這本書還有其他意見嗎？請通通告訴我們：

____

你買過幾本好讀的書？（不包括現在這一本）

□沒買過 □ 1 ～ 5 本 □ 6 ～ 10 本 □ 11 ～ 20 本 □太多了

你希望能如何得到更多好讀的出版訊息？

□常寄電子報 □網站常常更新 □常在報章雜誌上看到好讀新書消息

□我有更棒的想法____

最後請推薦五個閱讀同好的姓名與 E-mail，讓他們也能收到好讀的近期書訊：

1. ____
2. ____
3. ____
4. ____
5. ____

我們確實接收到你對好讀的心意了，再次感謝你抽空填寫這份回函

請有空時上網或來信與我們交換意見，好讀出版有限公司編輯部同仁感謝你！

好讀的部落格：http://howdo.morningstar.com.tw/

好讀的臉書粉絲團：http://www.facebook.com/howdobooks

請填妥後對折黏貼，直接投郵即可，無須貼郵票。

廣告回函
臺灣中區郵政管理局
登記證第 3877 號
免貼郵票

好讀出版有限公司　編輯部收

407 臺中市西屯區何厝里大有街 13 號
電話：04-23157795-6　傳真：04-23144188

沿虛線對折

購買好讀出版書籍的方法：

一、先請你上晨星網路書店http://www.morningstar.com.tw檢索書目或直接在網上購買

二、以郵政劃撥購書：帳號15060393 戶名：知己圖書股份有限公司並在通信欄中註明你想買的書名與數量

三、大量訂購者可直接以客服專線洽詢，有專人爲您服務：
客服專線：04-23595819轉230 傳眞：04-23597123

四、客服信箱：service@morningstar.com.tw